続
この素晴らしい世界に爆焔を！
我ら、めぐみん盗賊団

「我が名はめぐみん！
清く正しく真っ当に盗《ぬす》みを働く、
世のため人のためのためになる
盗賊団を率いる者！」

めぐみん

「何をするのかは知らないけれど、私も仲間に入れて欲しいなーって思って……」
ゆんゆん
「ぜひ私も！　私も、お二人のお仲間に入れてください！」
アイリス

「あたしって運が良いはずなのに
どうしてこんな面白《おもしろ》い状況《じょうきょう》に
なるんだろうって思ってね……」
クリス
「私はこの教会の偉《えら》い人であり
アク・シズ教団の美人プリースト、セ・シリー。
私の事は気軽にセ・シリーお姉ちゃんと
呼んでくださいね」
セシリー

「その、二人はかなり深い仲なのですか？
いつぐらいからこの様な間柄《あいだがら》に？」

「めぐみん違うよ！？
二人で盗賊をやり出したのも最近だし、
あたし以前言ったじゃん、
助手君の事は何とも思ってないって！
ただの友達としか思ってなくて、
特別な感情は抱《いだ》いてないって！」
「ちょっと待ってくれ、
俺がいない間にいつも二人で何話してんの？
なんで俺は知らないところで振《ふ》られてんの？」
カズマ

続 この素晴らしい世界に爆焔を！ 我ら、めぐみん盗賊団

CONTENTS

口絵・本文イラスト／三嶋くろね
口絵・本文デザイン／百足屋ユウコ＋モンマ蚕（ムシカゴグラフィクス）

この素晴らしい世界に祝福を！スピンオフ

続・この素晴らしい世界に爆焔を！
我ら、めぐみん盗賊団

暁 なつめ

角川スニーカー文庫

20132

プロローグ

それはあの人と一緒《いっしょ》に行った花火大会の夜だった。

私があの人との約束を果たせなくて、少しだけ落ち込みながらとぼとぼと帰っていた時だった。

アンダインという名の評判の悪い貴族の屋敷《やしき》。

そこに、見るからに怪《あや》しい人達が屋敷を遠巻きに眺《なが》めていた。

見覚えのあるその仮面に胸が高鳴る。

なんだろう、私はこんなにもチョロい女だっただろうか。

もっと身持ちの堅いしっかり者のつもりだったのだが……。

私は意を決すると、その二人に話しかけた。

「――あ、あの……。もしかして、そこにいるのは銀髪盗賊団《ぎんぱつとうぞく》のお二方ではありませんか？」

背後から声をかけられビクリと震《ふる》えるその人に、気が付けば私は上擦《うわず》った声で自己紹《しょう》介《かい》をしていた。

口元をニマニマさせる二人に対し、私はずっと気になっていた事を尋《たず》ねる。

「お二人が王城に忍《しの》び込んだのは、王女様が危険な神器を所持していたため、その身を守ろうと思っての事だったのですか⁉」

そんな私の問いかけに。

『ああそうだ。我々は世に言う義賊。普段《ふだん》は庶民《しょみん》の味方だが、それがたとえ王女でも、いたいけな少女が危険に晒《さら》されるとあっては見過ごせない。困っている人がいるのなら、そこが貴族の屋敷だろうが王城だろうがどんな場所にでも忍び込む。それが仮面盗賊団だ』

細部は違《ちが》ったかもしれないが、その人はハッキリとそう言った。

『めぐみんと言ったね？　実は我々は、この屋敷に眠《ねむ》るある物を狙《ねら》っている。それは人類の未来のために必要な物。盗《ぬす》みという行為《こうい》は確かに褒《ほ》められるものではない。だがこれは俺達にとって、たとえ自らの首に賞金を懸《か》けられてでもやらなくてはいけない事なんだ』

強い決意を内に秘《ひ》めた、なぜか見ている事だけで既視感《きしかん》を覚える仮面の下のその瞳《ひとみ》。

私はジッと目を逸《そ》らせぬままで、続く言葉を聞いていた。

『あたし達はこれから屋敷に盗みに入る。そして、魔王《まおう》軍に対する切り札の一つを手に入れる。キミが通報するというのなら止めないけれど……、でも信じて欲しい、これは人類のためなんだよ』

つまりこの二人は、高額な賞金を懸けられた今も世界のために、魔王軍はおろか人類全《すべ》てを敵に回してでも活動を続けるという。

それだけの事をしているにもかかわらず、そしてこれから大仕事が控《ひか》えているにもかかわらず。

まるで二人は長く連れ添《そ》った相棒みたいに、楽し気なやり取りを交《か》わしていた。

そんな二人のやり取りは、どうしてだか私の胸を締《し》め付ける。

二人に別れの挨拶《あいさつ》をすると、私は後ろ髪《がみ》引かれる思いで何度もそちらを振《ふ》り返り、やがてその場を立ち去るフリをすると。

その日。

私はたった二人で頑張《がんば》る彼らを、陰《かげ》ながら助けると決意した——

第一話
新鋭の盗賊団

1

アクセルという街がある。

そこは、駆《か》け出し冒険《ぼうけん》者が仲間を求めて集《つど》う街。

そして、とても治安が良い事でも有名である場所。

私は、そんなアクセルの街の冒険者ギルドにて——


「やめっ……、やめろお！　何をするかっ！」


不当な暴力を受けていた。

私が掲示板《けいじばん》に張りつけた紙を手に、ギルドの受付嬢《じょう》が言ってくる。

「何をするかじゃありませんよ！　これは冒険者達がパーティーメンバーを集めるための掲示板です。遊び相手をさがすのなら他《ほか》を当たってください！」

「遊び相手とは失礼な！　これはれっきとした仲間集めです、私が張り紙をした場所に文句があるのなら聞こうじゃないか！」

これみよがしに胸を突《つ》き出してくる巨乳《きょにゅう》な美人受付嬢に、募集《ぼしゅう》の張り紙を返せとばかりに食って掛《か》かった。

「遊びじゃないのならなお悪いですよ！　文句があるのは張った場所ではなく、募集項目《こうもく》の部分です！」

そんな私に紙を見せつけ、受付嬢はそこに書かれていた文を読み上げる。

「『盗賊職求む。正義のためなら犯罪行為も辞さない、やる気のある方限定。主な仕事内容は貴族邸《てい》の強襲《きょうしゅう》など……』」

それを聞いていた周囲の野次馬《やじうま》冒険者が、私に可哀相《かわいそう》な子を見る目を向けてきた。

「……仕方ありませんね。本来であれば盗賊職に限定したかったのですが、他の職業でも構いませんよ。書き直します」

「そこじゃないですよ問題なのは！　ギルドの掲示板を使って犯罪者仲間を募集しないでくださいと言っているんです！」


――それは、以前女神《めがみ》エリス感謝祭というものが行われた時の事。

その際に、私が憧《あこが》れを抱《いだ》いている盗賊団と遭遇《そうぐう》した。

口元をマスクで覆《おお》い銀色の髪《かみ》をした盗賊団の頭《かしら》。

そして、一目見ただけで只者《ただもの》ではないと思わせる、格好良い仮面を身に着けた謎《なぞ》の男。

お頭と呼ばれていた銀髪の人はまだいい、なんというか、活発で誠実そうな好感の持てる人だった。

問題はもう一人の仮面の男。

バニルの仮面のレプリカを身に着けたあの人からは、なんというか他人の気がしないというか、初対面であるにもかかわらず安心できる何かがあった。

そして、盗賊団に義賊に仮面。

——メロメロである。

これほどまでに私の琴線《きんせん》を刺激《しげき》する要素を揃《そろ》えるだなんて只者ではない。

本当なら私もあの盗賊団に入れて欲しいところだが、残念な事に私には盗賊の技術がない。

「——なので、彼らの一ファンの私としましては、かの盗賊団の傘下《さんか》の組織を勝手に名乗り、人を集めて彼らの正義の行いのお手伝いをしようかと」

「そんなバカな団体を作ったら賞金を懸けてあげますからね」

受付嬢に募集の紙を没収《ぼっしゅう》された私は、ギルド内を見回した。

張り紙が許されないというのなら個人的にスカウトをするしかないのだが、今のやり取りを聞いていた冒険者達は私と目を合わせない。

私は近くにいた盗賊職と思われるお兄さんに近付くと、警戒心《けいかいしん》を解くため、精一杯《せいいっぱい》に微笑《ほほえ》みかけた。

「そこの暇《ひま》そうなお兄さん、ちょっといいですか？」

「ごめんな、今テーブルの木目を数えるのに忙《いそが》しいんだ、後にしてくれ」

わざとらしく木目を数えだしたお兄さんに、私は思わず摑《つか》み掛かる。

「ついさっきまで暇そうにしていたクセに、一体何が気に入らないのですか！」

「止《や》めてくれ、俺を巻き込まないでくれ！　よりにもよって何で俺なんだ、あんたのとこには便利で使えるアイツがいるだろ⁉　アイツは盗賊のスキルも持ってたじゃないか！」

「もちろん真っ先に頼《たの》みましたよ。ところがあの男ときたら、もう少し涼《すず》しい季節になったらその遊びに付き合ってやるよと言ったのです。どうも、私が本気でかの盗賊団の支援《しえん》団体を作ろうとしているとは思っていない様でして」

「そりゃあ賞金懸かった盗賊団なんかを支援するだなんて、一体何の冗談《じょうだん》だって思うよな」

相槌《あいづち》を打つお兄さんの言葉に、私はバンとテーブルを叩《たた》き。

「あの盗賊団は人類の未来を救うため、後ろ指をさされながらも日夜活動をしているんです！　まずはそこら辺から徹底的《てっていてき》に語ってあげる必要がありそうですね！」

「止めてくれよ、そんなの聞きたくないしあんたには関《かか》わりたくない！　ほら、つまみのピーナッツやるから他を当たってくれよ！」

……なんという事だろう。

憧れのあの人達のお手伝いをするどころか、まずは世間の人達が抱いている誤解を解かなくてはならないとは……。

ピーナッツが入った皿を片手に、私はそれをポリポリと齧《かじ》りながら辺りを見回し……。

やっぱり皆《みな》が目を逸らす中、ふと背後から視線を感じた。

私がジッとそちらを見ると、私と目が合った視線の主は慌《あわ》てて顔を俯《うつむ》かせるが、やがて何かを期待する様な眼差《まなざ》しでチラチラと上目遣《うわめづか》いにこちらを見てくる。

……。

「そこの盗賊職と思われるお姉さん、ちょっといいですか？」

「ねえめぐみん、今私と目が合ったよね!?」

近くにいたお姉さんに声をかける私に向けて、視線の主ことゆんゆんが椅子《いす》を蹴《け》って立ち上がった。

「その、自分から声を掛けられないクセに構ってほしそうな視線が鬱陶《うっとう》しいのですよ！　何か言いたい事があるのなら言えばいいじゃないですか！」

「止めて！　分かったから、ちゃんと言うから髪引っ張らないで！」

相変わらず面倒臭《めんどうくさ》いゆんゆんに掴みかかっていると、意を決した様な表情で。

「何をするのかは知らないけれど、私も仲間に入れて欲しいなーって思って……」

ここ最近おかしな連中と関わっていると噂《うわさ》のゆんゆんが、いつになく自分から積極的な事を言ってくる。

おかしな連中との関わりがこの子を成長させたのだろうか。

しかし……。

「今更《いまさら》何を言っているのですか。ゆんゆんは我が盗賊《とうぞく》団の副リーダーですよ？　もう名簿《めいぼ》に名前も載《の》ってますし」

「なにそれ、私聞いてないんだけど!?　っていうか、さっきから声をかけてたのってそんないかがわしい団体への勧誘《かんゆう》だったの!?」

驚《おどろ》きの声を上げるゆんゆんに私は思わず食って掛かる。

「いかがわしい団体とは何ですか！　清く正しく真っ当に盗《ぬす》みを働く、世のため人のためになる盗賊団ですよ！」

「何言ってるのかわかんない！　嫌《いや》な予感しかしないからやっぱり止める！」

ゆんゆんと言い争っている間に、私が声をかけようとしていたお姉さんがギルドから慌てて出て行った。

私は逃《に》げようとするゆんゆんの片手を掴むと。

「紅魔族《こうまぞく》ともあろう者が何を怖気《おじけ》づいているのですか！　まったく、この騒《さわ》ぎのせいで皆《みな》警戒してしまいました。ほら、いつまでも駄々《だだ》を捏《こ》ねてないで街へ団員を探しに行きますよ！　新しい団員という事はあなたの仲間でもあるのです。ほら、友達が増えますよ」

「友達が増えるって言っておけば、私がなんでもすると思ったら大間違《おおまちが》いだからああああ！」

2

「――ほら、あの人なんてどうですか？　盗賊に向いてそうな顔をしてますよ」

「めぐみんシーッ、声が大きい！　あのおじさんは顔が怖《こわ》そうなだけで、冒険者でもないただの一般《いっぱん》人だから！　それより、あそこにいる私達と同じぐらいの年の子なんてどうかな……」

「あの子こそ一般人ではないですか。これは友達探しではなく団員探しですからね？」

アクセルの街の大通り。

私は何だかんだ言いながらも結局付いてきたゆんゆんと共に、通りのベンチに腰掛《こしか》けながら行き交《か》う人達を観察していた。

そう、これはと思う人材を見付けたら即《そく》スカウトするためだ。

だが先ほどから私とゆんゆんの意見が食い違い、まだ誰《だれ》にも声をかけられないでいる。

「あっ、あそこの女の子はどうかな？　ローブのフードで顔が見えないけど、私達と年もそんなに変わらなそうだし、剣《けん》も下げてるから一般人ではなさそうだよ？」

そう言ってゆんゆんが指さしたのは、野暮《やぼ》ったいローブにフードを被《かぶ》った小柄《こがら》な少女。

髪の色は見えないが、フードから覗《のぞ》く瞳《ひとみ》の色は透《す》き通る様に澄《す》んだ青色で……。

「ちょっと待ってください、なぜこの街にあの子が一人でいるのですか」

「ど、どうしたのめぐみん？　あの女の子の知り合い？」

私達の視線の先ではフードの少女が、よほど辺りの物が興味深いのかキョロキョロとあちこちを見回しながら、フラフラと危なげな足取りを見せていた。

と、そんな少女に串焼《くしや》きの露店《ろてん》を開いていたおじさんが声をかける。

「そこのお嬢ちゃん、焼きたての串焼きをお一つどうだい？　お嬢ちゃんは可愛《かわい》い顔してるからまけとくよ？　今ならなんと串焼き一本百万エリスだ」

「串焼き……。これは見た事もない食べ物ですね。一本百万エリスですか？　では、三本ほど頂けますか？」

と、おじさんのジョークを真に受けたその少女は懐《ふところ》から財布《さいふ》を出すと……。

「何をしているのですか！　こんなところでそんな大金を出してはダメですよ！」

「えっ!?　ああっ！　あなたはめぐみんさん！」

私は財布から当然の様に高額硬貨《こうか》を取り出した少女こと、なぜかそこにいた王女アイリスの下《もと》に駆《か》け寄ると、店主に差し出していた硬貨を奪《うば》い取った。

高額硬貨を出されて固まっていた店主を尻目《しりめ》に、私はアイリスに説教する。

「百万エリスというのはそこのおじさんの冗談ですよ、本当は一本百エリスって意味です。どこの世界にそんなに高額な串焼きがあるんですか」

「そ、そうなのですか？　私《わたくし》、相場というものが分からなくて……」

と、それまで固まっていた店主が真面目《まじめ》な顔で串焼きを差し出し。

「いや、一本百万エリスで合ってるよ。お嬢《じょう》ちゃんはかわいいから三本で百万エリスにまけとこう」

「そんなにまけて頂いてもよろしいのですか？　ありがとうございます！」

「信じてはダメですよ、このおじさんはあなたが世間知らずなのを知ってここぞとばかりにぼったくってますから！　ほら、三百エリスです！　無知な少女をだまくらかす気ならこの私が相手をしますよ!!」

――正当な価格で串焼きを手に入れたアイリスを連れ、私達は近場の公園に場所を移していた。

「まったく、どうして一人でこんな所をうろついているのですか？　護衛の人は何をやっているんですか」

買ったばかりの串焼きを早速《さっそく》口に運ぶアイリスに、私は改めてそれを問う。

こうした庶民《しょみん》の食べ物は初体験なのか、幸せそうに頬《ほお》を緩《ゆる》めていたアイリスは。

「護衛の人とはなんの事ですか？　私はイリスと申します。誰かと勘違《かんちが》いしているのでは？　……それにしてもこの串焼きという食べ物は美味《おい》しいです。こんなに温かい物を食べたのは初めてかもしれません。よかったらお一つどうですか？」

そんなすっとぼけた言葉と共に、私とゆんゆんに串焼きをすすめてきた。

どうやらイリスという偽名《ぎめい》を使ってほしい様だ。

私は串焼きを手に取ると。

「はあ……。それで、イリス様はこんな所で何してるんですか？　この街は治安は良い方ですが、どんな間違いが起こるか分かりませんよ？」

「イリス様は止めてください、イリスと呼んでください。……ふふっ、実は先日、この街にこっそり遊びに来たんです。その時はお兄様には会えなかったのですが、面白《おもしろ》い方と知り合いになりまして……。世の中はまだまだ変わった人がいるのだなと知り、こうして社会勉強として抜《ぬ》け出してきました」

いきなりのとんでも発言に私は齧っていた串焼きを噴出《ふんしゅつ》した。

今頃《いまごろ》王都では大変な騒ぎになっているのではないだろうか。

「ささ、そちらの方もどうぞどうぞ」

「あっ、ありがとうイリスちゃん！　ええっと、私はゆんゆんって言います。……ねえめぐみん。この子って金髪《きんぱつ》に青い目をしてるけど、ひょっとして貴族のお嬢様？」

同じくアイリスから串焼きを受け取っていたゆんゆんが、それをおずおずと口に運びながら尋《たず》ねてくる。

「いいえ、私は王都のチリメンドンヤの孫娘《まごむすめ》、イリスです。お嬢様なんかではありません」

一体どこの誰に影響《えいきょう》を受けたのか、アイリスがそんなおかしな事を言い出した。

チリメンドンヤとはなんだろう。

「本人がこう言い張るのですからそういう事にしてあげてください。……しかし困りましたね、イリスを発見してしまっては、このまま一人で放置するわけにも……」

仮にも一国の王女様を見付けておいて、そのまま一人でほってはおけない。

と、悩《なや》む私を見たアイリスは、串焼きを手に首を傾《かし》げた。

「そういうお二人は何をなさっていたのですか？」

無邪気《むじゃき》に尋ねてくるアイリスに、本当の事を言ってもいいのかと一瞬《いっしゅん》悩む。

でも、確かこの子はあの盗賊団に悪い感情は持っていなかったはず。

「実は私達は、銀髪《ぎんぱつ》盗賊団の下部組織を作ろうと思っているのですよ」

「なんですかそれは⁉　私にも詳《くわ》しく教えてください！」

あれっ、なんだろうこの予想外の食い付きは。

「いえその、義賊である銀髪盗賊団の下部組織を勝手に名乗り、勝手に仲間を集めて勝手に支援《しえん》する。そんな団体を作ろうかと」

「それは楽しそうです！　その組織に入るためには何か試験などはあるのでしょうか⁉」

やはり好反応を見せるアイリスに、思い留《とど》まらせようと首を振《ふ》る。

「なんですか、ひょっとして入りたいのですか？　ダメですよ、これは遊びではないのです。我々のアジトとなる秘密基地を建設し、勢力を拡大したりとやる事がたくさんあるのです。となれば当然、団員にはそれなりに働いてもらわなければなりませんし」

「秘密基地！」

私の説得に、なぜか目を輝《かがや》かせるアイリス。

「え、ええと……。それに加えて私達は、悪徳貴族を懲《こ》らしめるため非合法な手段を使う事も想定しており……」

「悪徳貴族を懲らしめる！」

私の説得に、なぜかさらに目を輝かせるアイリス。

「ぜひ私も！　私も、お二人のお仲間に入れてください！」

何が琴線《きんせん》に触《ふ》れたのか、顔を紅潮させて拳《こぶし》を握《にぎ》るアイリスを見て、

「ねえめぐみん、これだけやる気もあるんだし仲間に入れてあげてもいいんじゃないかな？　……べ、別に、同年代の子が仲間になるのが嬉《うれ》しいとかじゃないからね？」

なぜかゆんゆんまでもがこの子の入団に前向きだった。

王女様をこんな危なげな組織に入れたとあっては、事がバレた日には吊《つ》るされないだろうか。

というか、私が支援したい銀髪盗賊《とうぞく》団に賞金を懸《か》けているのはそもそもこの子の周りに

いる人達なのだが。

「ま、まあそこまで言うのならいいでしょう。しかし、私達も遊びではないのですから入団試験を受けてもらいます。その上で、入団に値《あたい》すると判断し、かつ好成績を収めたならば、あなたには我が盗賊団左腕《ひだりうで》の称号《しょうごう》を与《あた》えましょう」

「ねえめぐみん、一応聞くけど右腕は誰になるの？　私、名前を貸してるだけだからね？　勝手に幹部とかにしないでよね⁉」

私の言葉に怖気《おじけ》づくゆんゆんを尻目に、アイリスはパアッと顔を輝かせた。

3

——街から少し離《はな》れたお馴染《なじ》みの平原にて。

「イ、イリスちゃん大丈夫《だいじょうぶ》⁉　あれ、日頃《ひごろ》見かけるカエルより随分《ずいぶん》大きいサイズだけど！」

私達は、アクセルの街の名物モンスターにして宿敵でもあるカエルを相手に、アイリスの実力を測ろうとしていた。

「大丈夫です！　王族……、いいえ、チリメンドンヤの一族は強いんです！」

チリメンドンヤとは紅魔族《こうまぞく》みたいな種族の名称《めいしょう》だったりするのだろうか。

アイリスは対峙《たいじ》するカエルに向けて、腰《こし》に差していた剣を抜いて構えると。

「『エクステリオン』！」

叫《さけ》ぶと同時、まだかなりの距離《きょり》があるにもかかわらずそれを振る。

小柄なアイリスには似合わない、豪華《ごうか》な装飾《そうしょく》が施《ほどこ》された長大な剣は、大きな見た目に反し軽々と空を斬《き》ると——

こちらに向かって飛び跳《は》ねていたカエルが、前触《まえぶ》れもなく真っ二つになった。


「「ちょっ⁉」」

思わず声を上げてしまった私とゆんゆんが見守る中、アイリスは満足気に剣《けん》を鞘《さや》に納めると。

「めぐみんさん、どうですか？　これで試験は合格ですか？」

「えっ⁉　……ええと、これはまだ試験の第一段階です！　今倒《たお》したカエルはこの辺りでは装備を整えた冒険《ぼうけん》者なら誰《だれ》でも狩《か》れるモンスター！　そんなのは一撃《いちげき》で倒せて当たり前ですからね！」

「そのカエル相手に丸呑《まるの》みにされた事があるクセに……」
後ろから聞こえてくる声を聞き流しながら、私はアイリスに更《さら》なる試験を課す事にした
――

「――『エクステリオン』！」

「ちょっと待ってください、さっきからポンポン使っているその技《わざ》は何なんですか！　いくらなんでも強すぎませんか!?　どうして一撃熊《いちげきぐま》なんて大物が一撃で返り討《う》ちにされるんですか！」

アイリスの底が見えないので、次々と討伐《とうばつ》モンスターの難易度を上げていたのだが。

「この技は、代々当家に受け継《つ》がれた聖剣に認められた者だけが使える、強烈《きょうれつ》な斬撃《ざんげき》を放つ事が出来る必殺技なのです！」

「それって、もしや勇者が持っていたと言われる伝説の……。い、いえ、あまり深くは考えないでおきましょう」

王族は強い力を持った勇者を婿《むこ》に取り、その血を取り入れている事で知られている。

なので、王族に連なる者は素養を受け継ぎ、大概《たいがい》が反則的に強いものなのだが……。

「しかし、それならその武器が強いだけではないですか。盗賊団は荒仕事《あらしごと》だって行うので

すから生半可な者は入れられません。私が見たいのはあなたの本当の実力です。それをちゃんと示してください」

「ねえめぐみん、イリスちゃんってもしかしなくても私達より強いんじゃないの？　いい加減認めてあげたら？」

ゆんゆんがそんな事を言いながらくいくいと服を引っ張ってくるが、ここで簡単に認めてしまっては私の立場というものがない。

「それじゃあ、あそこにいるモンスターの群れを、聖剣を使わずに倒してきますね」

私とゆんゆんがヒソヒソとやり合っていると、アイリスが遠くに見えるモンスターを指さし、そんな事を……。

「って、ゴブリンの群れではないですか！　ダメです、ああいった美味《おい》しい部類のモンスターの近くには、大概初心者殺しという手強《てごわ》いヤツが……！」

私が警告を発するも、アイリスは既《すで》にゴブリンへと手をかざしており――！

「『セイクリッド・ライトニングブレア』――!!」

アイリスが叫ぶと同時。

ゴブリンの群れの真ん中に白い光が瞬《またた》くと、全《すべ》てを薙《な》ぎ払《はら》う白い稲妻《いなずま》が暴風と共に解き放たれた――！

4

アクセルの街に帰り着くと、私はパンと手を叩《たた》き。

「さて、これにて第一試験は終了《しゅうりょう》です。新入りにしてはそこそこの腕であると認めましょう。まあ我々は盗賊団なので、あまり戦闘《せんとう》力を必要とはしないのですがね。だから、強ければ偉《えら》いというものではありませんから」

「ちょっとめぐみん、さっきと言ってる事が違《ちが》うじゃない！　荒仕事だって行うから生半可な者は入れられないとか言ってたクセに！」

アイリスの実力を見て今の今までどこか呆然《ぼうぜん》としていたゆんゆんが、正気に返り食って掛《か》かる。

「う、うるさいですよ、第一試験は無事合格したのですからいいじゃないですか！」

「第一試験とか言ってるけど、私の時はそんなの無かったじゃない！　っていうかこの子、どう考えても私達より……」

「や、やめろお！　それ以上言ってはいけません、負けを認めたらそこで終了ですよ！」

正直言って王族の強さを舐《な》めていた。

王族や貴族は生まれつき才能のある人が多いと聞くが、まさかこれほどまでとは思いもしなかった。

ていうかもう、この子が魔王《まおう》を倒しに行けばいいんじゃないだろうか。

「でも、様子を窺《うかが》ってた初心者殺しまでまとめてやっつけちゃうだなんて、イリスちゃんは凄《すご》い魔法を使えるんだね。っていうか、紅魔族《こうまぞく》の私ですら聞いた事のない魔法だったんだけど……」

「あれは王家……ではなく、チリメンドンヤに代々伝わる魔法の一つです。神聖な力を秘《ひ》めた稲妻を放つ、伝説の勇者が得意としていたとされるオリジナル魔法らしいです」

チリメンドンヤについてどんどん謎《なぞ》が深まるばかりだ。

「それはそうと第二試験はどの様なものなのでしょう？　身体能力には自信がありますので、どんな試験でも受けて立ちます！」

やる気満々のアイリスを見て、どうしようかと頭を抱《かか》える。

王女様を勝手に盗賊団などに入れたと知れたらどんな騒《さわ》ぎになるかなど想像が付く。

正直言ってあれこれと難癖《なんくせ》を付けて入団は諦《あきら》めさせるつもりだったのだが……。

と、ふとゆんゆんが。

「これ以上身体能力の試験をしても意味がないし、学力や一般常識《いっぱん》の試験でいいんじゃないかな？　まあイリスちゃんは育ちも良さそうだし、それなりに学力も高そうだけど」

「それです！」

ゆんゆんがなんとなく言ったその言葉に、私は大きく頷《うなず》いた。

相手は英才教育を受けた王女様。

なので学力テストなどは意味をなさないが、一般常識となれば話は別だ。

「盗賊に必要なのは高い戦闘力ではありません。そして知力が高いに越《こ》した事はありませんが、最も大事なものは常識です！　イリスの常識力がどれほどのものなのか、この私が測りましょう！」

「アクセルでもとびきり常識知らずのめぐみんが、他人の常識を測るだなんて一体何の冗談《じょうだん》……痛い、痛いっ！」

余計な口を挟《はさ》むゆんゆんの髪《かみ》を引っ張っていると、少しだけ困惑《こんわく》気味のアイリスが、それでも拳を握り言ってきた。

「だ、大丈夫です！　私《わたくし》だってこうして抜《ぬ》け出して街を探索《たんさく》しているのですから、それなりに常識も身に付いたはず！　ぜひとも、その試験を始めてください！」

――結果から言えば、それはもう酷《ひど》いものだった。


「お嬢《じょう》ちゃん、それはそのまま食べる物じゃないよ。皮を剝《む》いて中身を食うんだ」

商店街で適当に買い物をさせてみたところ、アイリスは皮を剝かれていない状態の果物を見るのは初めてなのか、買ったばかりのマンゴーをそのまま齧《かじ》ろうとして動きを止めた。

店主の注意を受け赤い顔をしたアイリスが、オロオロしながらこちらを見る。

まったく、これだから世間知らずのお姫様《ひめさま》は……。

「しょうがないですね、どうせ今までは綺麗《きれい》に皮を剝かれてお皿に盛られた物しか食べた事がないのでしょう？　ここは私が一般常識を教えてあげます。果物というのは、まず皮を剝いて中の果実を食べた後、種は炒《いた》めて間食に。剝いた皮は煮《に》て食べるのです」

「めぐみんもズレてるから！　普通《ふつう》は皮と種は捨てるのよ！」

ゆんゆんのまさかのツッコミに、一瞬《いっしゅん》自分の抱《いだ》いていた常識が崩《くず》れそうになる。

「そ、そんなはずないじゃないですか。種はカラカラになるまで炒めればひまわりの種みたいで美味しいですし、皮だってじっくり煮込めば食べられます！　ゆんゆんは紅魔《こうま》の里では一番ズレてましたからね。まったく、これだから常識を知らない子は……」

「あんたちょっと待ちなさいよー！　この三人の中じゃ、私が一番常識人なつもりがあるわよ!?　って、イリスちゃんもお金を払わない内から諂っちゃダメよ！」

「す、すいません！　いつもは供回りの者が勝手に払っていたもので……！」

私の意外な弱点が露呈《ろてい》してしまったが、これでは試験を続けるどころではない。

ううむ、アイリスは戦力的に見ても人材的に見ても、確かに優秀《ゆうしゅう》ではあるのだが……。

「ねえめぐみん、何をそんなに渋《しぶ》ってるのか分からないけど、いい加減イリスちゃんも仲間に入れてあげたらどうかな？　その、仲間に交ぜてもらえないのはとっても辛《つら》い事なんだよ……」

「ゆんゆんが言うと凄く重いので止《や》めてください！　分かりましたよ、この試験はお預けです。でもとりあえずはお試《ため》しの仮入団という事で。あなたのお付きの人達に知られたら何を言われるか分かりませんからね」

ゆんゆんの説得に折れた私の言葉を受けて、アイリスが顔を輝《かがや》かせる。

「というわけで、仮入団のあなたは私達の中で一番の下っ端《ぱ》です。リーダーである私の言う事には従ってもらいますからね？」

それを聞いたゆんゆんが、ふと思い出した様に。

「そういえば、どうしていつの間にかめぐみんがリーダーって事になってるの？　別にリーダーがやりたいってわけじゃないけど、めぐみんのライバルとしては勝手に部下にされると負けたみたいで嫌《いや》なんだけど」

「またこの子は面倒臭《めんどうくさ》い事を言い出しましたね。そんなものは決まってるじゃないですか、この中で一番強くてしっかりした大人は私です。なら、そんな私が皆《みな》をまとめるしかないじゃないですか」

　私の言葉を聞いた二人の手下はその理由に納得《なっとく》がいかなかったのか、それぞれが微妙《びみょう》な表情を浮《う》かべてきた。

「王ぞ……チリメンドンヤは強いんですよ？　なんなら戦ってみますか？」

「戦闘……は、ちょっと難しいかもしれないけど、この中で一番大人なのは私でしょう？　常識だって知ってるし、背だって一番高いんだから」

　面倒臭い事を言い出した二人の手下に、私はやれやれと首を振《ふ》る。

「そうやって簡単にムキになるところが子供なんです。それに、私が一番大人なのは間違いないですよ？　なにせ……」

　と、一拍置《いっぱく》くと。

「今晩私の部屋に遊びに来ませんかと、あの男に言ってあるので」

つい先日、あの人と交《か》わした約束の事を打ち明け……。

「「えええええええ!?」」

「ちょっ!? な、なにをするんですか、やめっ！ やめろお！ 放してください、ローブを引っ張るのは止めてもらおう！」

「ちょっとめぐみんどういう事!? あの男ってカズマさんの事よね!? いい、一線を越えちゃう気なの!?」

「おお、お兄様を部屋に誘《さそ》ったんですか!? あの、ちょっと誘われれば誰《だれ》にでも簡単に付いていきそうなお兄様を!? めぐみんさんは淑女《しゅくじょ》としてはしたないです、お兄様の妹としてそんな爛《ただ》れた関係は見過ごせません！」

摑《つか》みかかってきた二人を押しのけ、私は乱れたローブの襟《えり》を正すと。

「私はもう結婚《けっこん》だって出来る年です。というか、若い男女が一つ屋根の下に暮らしているのですから、別に今さらおかしな事はないでしょう？」

私の余裕《よゆう》の発言を受けて、格の違いを知って青い顔でよろめく二人に。

「では、私がリーダーという事で異論はありませんね？」

5

圧倒的《あっとうてき》な上下関係を示した私は、二人を連れて本来の目的地にやって来たのだが——

「この私がここまでお願いしているのです。そこをなんとか出来ませんか？」

「無理です」

不動産屋の店主さんがにべもなく即答《そくとう》した。

「一体何が不満なのですか！　数多《あまた》の魔王軍幹部を撃退《げきたい》してきたこの私が信用ならないとでも!?　これほどまでに出世払《ばら》いを認める価値のある魔法使いは、私をおいて他《ほか》にはいませんよ！」

「なんと言われても無理なものは無理ですから！　担保もなければお金もない。そのクセ、この街で一番大きな建物を貸して欲しいとは図々《ずうずう》しいにもほどがある！　しかもあなた方のパーティーは確かに戦果は大きいものの、最も全滅《ぜんめつ》しそうなパーティー候補として選ばれている事を知った方がいい！」

「な、なにおっ！　どこの誰ですか、そんな不当な評価をくだしてる人は！」

アクセルの不動産屋にやって来た私達は、アジトを手に入れるためこうして相談に来たのだが見ての通りの扱《あつか》いである。

「ともかく、三万エリスでは敷金《しききん》にも足りません。この仕事を長い事やってきた私ですが、この額で街一番の建物を寄越《よこ》せと言ってくる人は初めて見ましたよ」

「くっ……。仕方がありませんね、これは緊急《きんきゅう》時のための虎《とら》の子だったのですが……」

そう言って、私がテーブルの上に追加で置いたとっておきの一万エリスは店主の人差し指によりピンと弾《はじ》かれた。

「おのれ、大事に貯《た》めた私の虎の子に何をするかっ！」

「三万エリスが四万エリスになったところでどうにもならないからですよ！　お願いですから帰ってください！」

と、その時。

店主と言い合う私のマントが、後ろからくいくいと引っ張られた。

「ねえめぐみん、いくら何でも無茶《むちゃ》もいいとこよ？　ていうか、秘密基地だのアジトだのを作るって話は本気で言ってたのね。その、お友達皆で集まって、いつでもくつろげる場所を手に入れる事自体は賛成だから、今日のところは一旦《いったん》帰って金策しようよ」

ゆんゆんの言葉にギリギリと歯を食い縛《しば》りながらどうするべきかを考えていると。

「あの……。この街で一番大きな建物というのはお幾《いく》らで借りられるのですか？」

私達の後ろから、アイリスが顔だけを覗《のぞ》かせて、おずおずと店主に尋《たず》ねた。

「この街で一番大きな建物となると、まあ月に二百万エリスはかかります。敷金なども合わせると五百万エリスといったところでしょうか」

五百万……。

私はゆんゆんをそっと店主の方に押し出すと。

「……この子が毎日あなたの事をおじさまって呼んであげる権利を付けますから、もうちょっとまかりませんか？」

「なんで私がそんな事しなきゃならないのよ！」

こちらの首を絞《し》めようとするゆんゆんを迎撃《げいげき》する体勢に入った私の背中を、アイリスがぽんぽんと叩《たた》いてくる。

「なんですかイリス、ここが大事な交渉《こうしょう》どころなのですから邪魔《じゃま》は……」

と、そこまで言いかけ息を呑《の》む。

「あの、お金はこれで足りますか？」

アイリスが差し出してきたのは凄《すさ》まじい額のエリス紙幣《しへい》。

それを見た店主が動きを止め、ゆんゆんに至っては顔を引き攣《つ》らせて固まった。

「……そ、その、お金は十分足りますが、建物をお貸しするには身元を保証してくれる、信用のおける保証人の方が必要でして……」

申し訳なさそうに言う店主に向けて、アイリスは困った表情を浮かべると。

「あの、これは身元の保証になりませんか？」

そう言って、胸元《むなもと》からペンダントを取り出し、それを……、

「申し訳ありませんでした！　あなた様でしたら幾らでも建物をお貸しします！　もちろんお代も結構ですので！　今すぐ鍵《かぎ》をお持ちしますので、どうかそのままお待ちください！」

店主が確認《かくにん》すると、大慌《おおあわ》てで店の奥へと飛んで行った。

それを見送ったゆんゆんは緊張《きんちょう》した面持《おもも》ちで。

「……ねえ、イリスちゃんってひょっとして凄《すご》い家柄《いえがら》の子なの？」

「……私達の盗賊《とうぞく》団の、ただの下っ端ですよ」

「はい、下っ端です！」

下っ端呼ばわりをされたのになぜか嬉《うれ》しそうなアイリスを見て、毒気を抜《ぬ》かれたゆんゆんが。

「でも、あのおじさんが態度を変える程度には立派な家柄の子なんだよね？　……ねえめぐみん、イリスちゃんをこんなバカな遊びに巻き込んで良かったの？　私達ひょっとして

とんでもない事をやらかしてない？」

今更事《いまさら》の重大性に気付いたらしいゆんゆんが口元を引き攣らせているがもう遅《おそ》い。

「お待たせしました、こちらが鍵です！　……どうか、今後も当不動産を末永くよろしくお願いいたします」

飛び出していった時と同じ勢いで、鍵を手にして顔中に汗《あせ》を浮かべたまま、引き攣った笑顔《えがお》を見せる店主の言葉に。

「……ねえめぐみん。私、これ以上警察のお世話になったら里の皆に顔向けできない……」

「大丈夫《だいじょうぶ》です、私達はイリスを保護して守っていただけ。それ以上でもそれ以下でもない。分かりましたね？」

6

アクセルの中心部近くの一等地にある、見るからに立派な大きな屋敷《やしき》。

私が住んでいる屋敷が普通《ふつう》の住宅に見えるくらいのこの建物が、今日から私達のアジトになるわけだ。

私とゆんゆんはその大きな屋敷を見上げながら、どちらともなく呟《つぶや》いた。

「……盗賊団の名前を決めなければいけませんね。そして、ここをアクセル支部にしましょうか」

「ねえめぐみん、一体どれだけの規模の団体を作るつもりなの？　私、最初はただのごっこ遊びだと思ってたのに、事が大きくなってきて怖《こわ》いんだけど」

私もここまでトントン拍子《びょうし》にうまくいくとは思っていなかったので実は結構焦《あせ》っているのだが、それを面《おもて》に出すわけにもいかない。

まさか盗賊団結成初日に街一番の屋敷を手に入れてしまうのは想定外だった。

「大きなお屋敷ですね！　避暑《ひしょ》地にあるお父様の別荘《べっそう》より大きいかもしれません！」

一人だけ屋敷に対して場違《ばちが》いな感想を抱《いだ》くアイリスを尻目《しりめ》に、私は玄関《げんかん》のドアを開ける。

貴族の屋敷というものは似た様な構造になっているのか、玄関を抜けた先には私が住んでいる屋敷と同じくまずは大広間があった。

屋敷の中はここを管理していた不動産屋により十分な手入れがなされているものの、未《いま》だ大した家具はなく、大きなソファーとテーブルがあるのみだった。

私は広間のソファーに身を投げ出すと、だらしなく寝転《ねころ》がりながら宣言した。

「今日からここがアジトです。今後は、悪だくみをする時や活動方針を話し合う時、そして暇《ひま》を持て余している時などは各自ここに勝手に来る事。まあ言ってみれば私達の溜《た》まり場です。それぞれ鍵を持っていてくださいね」

溜まり場という言葉にゆんゆんが眼《め》を紅《あか》く輝《かがや》かせ喜びを露《あら》わにし、アイリスも一体何が嬉しいのか、満面の笑みを浮《う》かべながら行儀《ぎょうぎ》悪くもソファーに飛び乗る。

やがてゆんゆんがニヤニヤと緩《ゆる》んだ笑みを浮かべながらソファーの端《はじ》っこに腰掛《こしか》けると、私は二人を前に身を正す。

「予想外にアッサリとアジトが手に入ってしまいましたが、コネや実家の力だって才能の一つです。使えるものは遠慮《えんりょ》なく使わせてもらいましょう。……さて」

私はテーブルの上に手を置くと。

「それではあらためて、我が盗賊団の活動方針を話しましょうか」

そう前置きして、ここにきて二人にようやく説明を始めた――

「――というわけです。彼らは私腹を肥やしているわけでもなく、むしろ庶民《しょみん》の味方の義賊であるにもかかわらず犯罪者であると高額賞金を懸《か》けられ追い回される。それでもなお、彼らは世界のため、人類のため！　その行いが誰《だれ》にも知られる事がなくても、そして理解される事がなくても、今も戦い続けているのです！」

「凄い……！　なんて気高くて健気《けなげ》な人達なの……？　めぐみん、私決めたわ！　さっきまではまたくだらない遊びを始めたんだなって思って嫌々《いやいや》付き合ってたわけだけど、これからは本気で協力するから！」

くだらない遊びを始めたというところが引っ掛《か》かるが、やる気になってくれたのでよしとしよう。

と、先ほどから無言のままのアイリスが小さく震《ふる》えているのに気が付いた。

「わ、私《わたくし》……」

「イリス？　一体どうしたのですか、顔が赤い上に目が潤《うる》んでますが……」

私の指摘《してき》も耳に入っていない様で、アイリスはバンとテーブルを叩き立ち上がると。

「今からお父様の下《もと》に行き、かの盗賊団の賞金を取り消してもらえるように、お父様にワガママを言ってきます！　それが無理ならせめてお兄様の下へ行き、思い切り甘やかしてきます！」

「この子はいきなり何を言い出すのですか！　賞金云々《うんぬん》はともかくとしてあの男を甘やかす必要はどこにもないでしょう！」

一体今までの話の流れでどうしてこんな事を言い出したのだろう。

『それがたとえ王女でも、いたいけな少女が危険に晒《さら》されるとあっては見過ごせない。困っている人がいるのなら、そこが貴族の屋敷だろうが王城だろうがどんな場所にでも忍《しの》び込む。それが仮面盗賊団だ』

そう、以前盗賊団に会った際に仮面の男が言ったこの言葉を教えてあげただけなのに。

「それより今後の目標です。私達はまだたったの三人。しかも皆《みな》年も若く、このまま縄張《なわば》りを広げて勢力を拡大しようとしたところで、今のままでは舐《な》められてしまうでしょう。そこで、強面《こわもて》で有能な団員を増やしながら徐々《じょじょ》に知名度を高め、やがて銀髪《ぎんぱつ》盗賊団と肩《かた》を並べられる様にするのです！」

私の力説を聞いた二人はそれぞれ団員に相応《ふさわ》しそうな人でも思い浮かべているのだろう。

「強面で有能な団員かあ……。あの人達は盗賊団とかアウトローな事にうってつけなイメージがあるけど、絶対ロクな事にはならないし……」

ぶつぶつと呟きながらゆんゆんが悩《なや》む中、アイリスが難し気な表情で腕《うで》を組み。

「あの、めぐみんさん。以前この街でとても良くして頂いた、凄く優秀《ゆうしゅう》な方がいらっしゃるのですが、その方をお誘《さそ》いしてみますか？」

「凄く優秀な方ですか。どんな事情でこの街で知り合いが出来たのかは知りませんが、どういった人なんですか？」

問われたアイリスは私の言葉に小首を傾《かし》げ。

「その人はハチベエといいまして、一日の大半を笑って過ごす明るい方で、大変なお調子者で私を散々に褒《ほ》めて甘やかしてくれました。報酬《ほうしゅう》次第《しだい》ではどんな事でも手伝うそうです」

「いいですかイリス、そいつとは今すぐ縁《えん》を切るべきです！　私が求めているのは歌って踊《おど》れて戦える、そんな面白《おもしろ》おかしくも優秀な人です！」

まあ今日出来たばかりの盗賊団がいきなり団員を増やせるはずもない。

人員に関しては今後じっくりと増やしていけばいいだろう。

私は本来の計画を実行に移すべく、

「まずは二人とも、これを見てください。今夜の計画を話しましょうか」

そう言って、この街の地図をテーブルの上に広げると――

7

そこはとある貴族の別荘。

私達の視線の先には正門を固める警備の兵士達の姿があった。

「――ねえめぐみん。前から思ってたんだけど、あなたバカなの？　里で一番の成績を収めてたのは一体なんだったの？」

先ほどからずっと同じ事を言い続けるゆんゆんを無視し、あらためて屋敷を観察する。

「警備の数と屋敷の規模。……私がその気になれば爆裂魔法《ばくれつまほう》で一撃《いちげき》ですね」

「ねえめぐみん、あなたは紅魔族随一《こうまぞくずいいち》のバカを名乗るべきだわ！」

屋敷の人達の注目を浴びてはいけないので騒《さわ》ぐゆんゆんの口を塞《ふさ》いで黙《だま》らせていると、困惑《こんわく》した表情のアイリスもくいくいとマントの端を引っ張ってくる。

「あの、めぐみんさん……？　世間の常識には疎《うと》い私ですが、これはさすがにいけない事だと理解できます。せめて、証拠《しょうこ》なりを見付けてからにしてみては……」

そんなアイリスを安心させようと、私は自信を持って笑いかけた。

「大丈夫ですイリス、魔道具作りに長《た》けた紅魔族《こうまぞく》には昔からこんな言葉があるのです。

『無い物は作ればいい』」

「ちょっとあんた待ちなさいよ、それは言葉の意味が違うから！」

思わずツッコむゆんゆんに、私は視線を屋敷に向けたままでキッパリ告げる。

「大丈夫ですよゆんゆん、私達にはイリスがいます。この子がバックに付いていれば裁判で負ける事などあり得ませんとも」

「ねえ、これだけは聞かないでおこうとずっと思ってたんだけどやっぱり聞かせて！　イリスちゃんって何者なの!?　私達、ひょっとしてこんな事してる場合じゃないんじゃないの!?」

ゆんゆんの叫《さけ》びを聞きながら、私が魔法の目標を定めるべく屋敷の上空を見据《みす》えると——

——!


「アイ……ッ!　イ、イリス様、とうとう見付けましたよっ!」


と、私達の背後から、突然《とつぜん》泣きそうな声がかけられた。

振《ふ》り返ると、そこには白いスーツに身を固め、腰に剣《けん》を差した女性がいる。

目の端に涙《なみだ》が滲《にじ》み息を切らしている事から、必死になってアイリスを捜《さが》していた事が窺《うかが》えた。

この人は確か、クレアとかいったアイリスの護衛を務める人のはずだ。

「クレア!?　ど、どうして私がこの街にいると分かったのですか!?」

見付かると思っていなかったのか、驚愕《きょうがく》の表情で後ずさるアイリスに。

「私がどれだけイリス様にお仕えしていると思っているのですか？　私ぐらいの忠臣ともなれば、イリス様が週にどれだけ背が伸《の》びたか、イリス様が日に何回あくびをしたか、イ

リス様が食事の際に何回ピーマンを横に除《の》けようとしたかまで全《すべ》て細かくチェックしています。当然イリス様の行動もお見通しですとも！」

ああ、この人はダメな人だ。

「ク、クレア、さすがの私もちょっと引いてしまうのだけれど！　それにしても、こうもピンポイントで見付けられるだなんて……。それよりも、クレア、お願い！　今夜一晩だけ、お兄様のお屋敷《やしき》に泊《と》まりに行っては」

「いけません」

それだけは許さないとばかりにアイリスの肩をグッと捕《つか》まえ、逃《に》がさないとばかりに抱《だ》き締《し》めた。

「放してクレア！　今晩邪魔《じゃま》しにいかないと、お兄様が誑《たぶら》かされそうなんです！」

「それはとても良い事です！　あの様な男は適当に誑かされて尻《しり》にでも敷《し》かれてしまえばいいのです！　さあイリス様、これ以上ワガママを言われますと私にも考えがありますよ！」

アイリスを抱き締めていたクレアは、顔を赤くしてそう叫ぶとアイリスを抱く手に力を込める。

「ク、クレア？　このままでは話もできないし、とりあえずこの手を緩《ゆる》めてはもらえませんか？」

そんな懇願《こんがん》の声を聞き流し、クレアは鼻先をアイリスの髪《かみ》に擦《こす》り寄せて幸せそうに息を吸う。

「ダメです。これはおしおきですイリス様、今後この様な事がないようにこのクレア、心を鬼《おに》にしてイリス様を抱き締め、かいぐり……痛い、痛いっ！　ちょ、ちょっと待ってください イリス様！　すいませんイリス様、調子に乗ったのは謝りますから本気で締め上げるのは止《や》めてください！」

逆にアイリスに全力で抱き締め返され、身体《からだ》から鳴ってはいけない系の音を鳴らしたクレアがその身を放しこちらを向いた。

「お久しぶりですめぐみん殿《どの》。この度《たび》はイリス様を保護していただきかたじけない。しかし、今後は王都にあるテレポート屋に監視《かんし》をおきますのでイリス様がこの街に来る事はないでしょう。なので、お別れの挨拶《あいさつ》は今の内に……」

そのクレアの言葉を聞いたアイリスが、シュンとしながら俯《うつむ》いた。

クレアの怒《いか》り具合から察するに、やはりというか今回は勝手に城を抜《ぬ》け出したのだろう。

となれば、今後は城の警備も厳しくなり、しかもテレポートが使えないとなれば、身分差がある以上もう会う事もないはずだ。

クレアに背中をそっと押されたアイリスは、私の前に立ってもまだ遊び足りない子供の様な顔で俯いている。

そんな諦《あきら》めが早く物分かりのいい下っ端《ぱ》にだけ聞こえる声で、

「今からお城に帰ったら耳を澄《す》ましておいてください、私が合図を送ります。明日《あした》以降は、その合図の音を聞いたらどうにか王都の正門前まで来てください」

まるでまた遊ぶ約束を交《か》わすかの様に囁《ささや》いた。

「えっ？」

顔を上げたアイリスは、言われた事が理解できないのかキョトンとしている。

「あなたは仮とはいえ既《すで》に盗賊《とうぞく》団の一員なんです。一度入団した以上、そう簡単に足抜けできると思わない事ですね」

それを聞いたアイリスは、ぱあっと顔を輝《かがや》かせると、

「はい！　もちろんですお頭様《かしらさま》！」

満面の笑《え》みを浮《う》かべて言ってきた。

「……イリス様、何をこそこそ話しているのかは知りませんが、もう脱走《だっそう》なんてさせませんからね？　ダ、ダメですよ、そんな可愛《かわい》い顔をして上目遣《うわめづか》いをしてみせても！　さあ、早くテレポート屋の下《もと》に行きましょう。きっと今頃《いまごろ》王都では、レインが泣きながらイリス

様を捜してますから」

そうして、クレアに向けて訴《うった》えかけたりとあの手この手を使いながらもアイリスは、テレポート屋に連れていかれた。

「行っちゃったね……」

私は話に付いてこられないまま呆然《ぼうぜん》とし、ぽつりと呟《つぶや》いたゆんゆんに。

「ゆんゆん。あなたは確か、テレポートの魔法を習得したはずですよね？」

尋《たず》ねられたゆんゆんは小さく首を傾げると。

「えっ？　ああ、うん。紅魔《こうま》の里へいつでも帰れる様にと思って、最近やっと習得したんだけど……」

「なるほど。ではゆんゆんに頼《たの》みがあります。これからテレポート屋さんの下に行きましょう。そして、一度王都に送ってもらった後、そこを転送先の一つに登録してくれませんか？」

「王都を？　……それはまあ別にいいけど、変な事企《たくら》んでないでしょうね？」

企むだなんてとんでもない。

下っ端をいつでも迎《むか》えに行ける様にするだけだ。

「企むとは失礼な、ちょっと遠出して日課を済ませてくるだけです。今日のところは残念ですが、例の計画は延期です。さあ行きますよ！」

「別にいいんだけどさ、めぐみんってばどうしてそんなに目が紅《あか》いの!?　私嫌《いや》な予感しかしないいんだけど！」


——テレポート屋に王都へと送ってもらった私達は、そのまま正門の外に出ると。

「それではこの辺りをテレポート先に登録しておいてください。私は今からやるべき事がありますので、登録が終わったら迎えに来てください」

「それはいいけど、やるべき事って？　さっきイリスちゃんとこそこそ話してた事と関係あるの？」

私は不安気な表情を浮かべたゆんゆんに言葉を返す事なく背を向けると、門から離《はな》れた小高い丘《おか》に歩みを進めた。

うん、ここなら王都の人達からは私の姿も見えないはず。

下っ端団員のため、私は気合いを入れて魔法の詠唱《えいしょう》を始めると——

「ちょっとめぐみん、何唱えてるの!?　こんなところで爆裂魔法を撃《う》つつもりじゃないでしょうね!?」

テレポートの登録を終えて追いかけてきたゆんゆんの声を聞きながら。

『『エクスプロージョン』――ッッッ!!」

城まで響《ひび》けとばかりに、会心の爆裂魔法《ばくれつまほう》を解き放った――！

8

「――ねえめぐみん、今日からあなたの事は、紅魔族《こうまぞく》一のバカって呼ぶからね」

「本当にその名で呼んだら紅魔族《こうまぞく》一のぼっち娘《むすめ》と呼びますからね」

ゆんゆんのテレポートでアクセルへ帰ってきた私は。

「……その辺に置いていってもいいんだからね？」

「おい、いたいけな私をこんな人通りの多い場所に放置とは許されませんよ。魔力を使い果たし身動き取れない私を見て、よからぬ事を企む人がいたらどうするんですか」

ゆんゆんに背負われながら、家へと送り届けてもらっていた。

「めぐみんにいたずらする様な奇特《きとく》な人なんて、変わり者が多いこの街でもカズマさんぐらいしか思い浮かばない……痛い痛い！」

首に回していた手の位置を下げて、余計な事を言い出したゆんゆんの胸部装甲《そうこう》を思い切り握《にぎ》り締めた私は、

「それにしても、あんな騒《さわ》ぎになるとは思いもしませんでしたよ」

「どうして思いもしないのよ。王都の方から魔王軍 襲撃《しゅうげき》警報のアナウンスが流れてたけど、あれどう考えてもめぐみんの魔法攻撃《こうげき》のせいだよね」

「……まあ、派手な盗賊団デビューだと思えばいいのではないでしょうか」

「盗賊団ってよりテロリストじゃない！　ねえ、もう解散しない？　これって下手《へた》したら、そのうち銀髪《ぎんぱつ》盗賊団よりも高額な賞金懸《か》けられそうなんだけど」

それはそれで望むところだ。

「まあいいではないですか。それに王都の人達もそのうち慣れてくれますよ、これから毎日これをやるのですから」

「ちょっと待って!?　私聞いてないんだけど！」

「おっ、そろそろ着きますね。若干《じゃっかん》魔力も回復しましたし、ここまででいいですよ」

「ねえ、明日もこれやるの!?　私やっぱり足抜《あしぬ》けしたい！」

騒ぐゆんゆんの声を聞き流し、私は屋敷へと足を向けた――

「――帰りましたよー」

「おかーえり！」

屋敷に帰ると、ソファーで黄色い毛玉を膝《ひざ》に乗せ、かいがいしく餌《えさ》をあげていたアクアが言ってきた。

と、それに続いて台所の方から怒鳴《どな》り合う声が聞こえてくる。

「――だから、お前の料理は別段凄《すご》く美味《うま》いわけでもないし、普通《ふつう》なんだよ！　料理はスキル持ちの俺に任せて、後片付けだけしてくれればいいから！」

「――私にだって女としての矜持《きょうじ》があるのだ！　日頃《ひごろ》ゴロゴロしている男に料理で負けたとあっては、私が小さい頃《ころ》から仕込んでくれた当家の料理人達に顔向けできん！　いいからここは私に任せ、お前は広間でゴロゴロしてろ！」

どうやら今日の料理当番で揉《も》めている様だ。

台所を追い出されたのか、不機嫌《ふきげん》そうな顔のカズマが広間へとやって来る。

「おっ？　お帰りめぐみん。なあ聞いてくれよ、ダクネスのヤツがまたワガママ言い出してさー」

ソファーにゴロンと寝《ね》そべりながら愚痴《ぐち》をこぼしてくるカズマに向けて。

「どうせカズマがまた余計な事でも言ったのでしょう。……それよりも。その、今晩こそは……」

「……お、おう。今晩はアレだな、うん、今晩こそアレだ」

アレ以外に思い付く気の利《き》いた言葉が出ないのか、カズマが赤い顔をして身を起こす。

「何よ二人とも、どうしたの？　様子が変よ、アレってなーに？」

「ななん、なんでもねーよ!?　アレだよアレ、めぐみんが今朝、なんかおかしな団体を作るとか言い出してさ！　そういやアレってどうなったんだ!?」

アクアの追及《ついきゅう》を受けたカズマが、話を逸《そ》らす様に慌《あわ》てながら尋ねてくる。

「ビックリするぐらいに順調ですよ。今日はアジトを手に入れると共に、部下が二人も増えました」

「そうか、それは楽しそうで良かったな。俺も子供の頃はよく秘密基地とか作って遊んだもんだ。でも、近所の子供達にアジトを乗っ取られたり壊《こわ》されたりしても反撃して泣かすんじゃないぞ」

この男！

「私を何だと思っているのですか！　というか、私達のアジトを見たらビックリしますよ？　なんせこの屋敷《やしき》より大きいのですから。それに、聖剣《せいけん》を振《ふ》るったり伝説級の魔法を使える下っ端団員が入ったりと、初日にしてはなかなかの成果だったのではないでしょうか。このままいけば、例の銀髪盗賊団と肩《かた》を並べる日も遠くはなさそうです」

「そうか、それは良かったな。新しく出来た友達は、聖剣だの伝説の魔法だのお前と相《あい》性《しょう》も良さそうじゃないか。でも人様に迷惑《めいわく》だけは掛《か》けるんじゃないぞ？」

本当にどこまで失礼なのだろうかこの男は。

とはいえ、この人にアイリスの事を説明するわけにもいかず。

……まあその内説明する機会もあるだろう。

と、私がそんな事を考えているとふとカズマがアクアに向けて。

「それはそれとして、おいアクア。今日は高めの酒を買ってあるから遠慮《えんりょ》なく飲んでいいぞ。いつもゼル帝《てい》の育成を頑張《がんば》ってるからな、たまには酒でも飲んで早めに休め」

「あら、一体どうした風の吹《ふ》き回しなの？　日頃私に対して罰《ばち》当たりな事ばかりしてる自分に気付き、悔《く》い改《あらた》めたの？　そこまで言うのなら遠慮なく貰《もら》ってあげるけど、今日は飲むのは止《や》めておくわ。将来ゼル帝が覚える予定の必殺技《ひっさつわざ》の名前をめぐみんと一緒《いっしょ》に考えようと思っているの。だからお酒はまた今度ね」

「はっ!?　い、いやいや！　ゼル帝の必殺技なんてそれこそ将来本当に覚えてからでいいんじゃないのか？　今日はめぐみんも遊び疲《つか》れただろうし、早めに寝たいよな？　な!?」

若干の焦《あせ》りを滲《にじ》ませ、カズマが声を上擦《うわず》らせて言い募《つの》る。

……この人は、私が本当に遊び惚《ほう》けていたと思っているらしい。

今日一日の成果を説明したいが、団員でもないこの男にはまだ教えないでおこう。

もっともっと大きな盗賊《とうぞく》団になったあかつきには、きっと交ぜてくれと言い出すに違《ちが》いない。

そうして、いつかこの男が盗賊団に入りたいと言ってきたその時は。

「そうですね。今日は疲れたのでご飯を食べたら寝る事にします。そういう事なので、カズマと交《か》わしたあの約束は明日《あした》でお願いいたします」

「えっ」

あの仮面の盗賊と会った日の事を、この人にも教えてあげよう。

第二話

増殖する盗賊団

1

王都が見える小高い丘《おか》に爆裂魔法の詠唱が染《し》み渡《わた》る。

「『エクスプロージョン』――ッッッ！」


走る閃光《せんこう》、轟《とどろ》く爆音。

それに伴《ともな》い一気に王都が騒がしくなるも、魔力を使い果たした事により、その場から動く事も出来ずにくずおれた。

『魔王軍襲撃警報！　魔王軍襲撃警報！　冒険《ぼうけん》者の皆《みな》さんは、至急王城前に集まってください――』

王都に流れるアナウンスを他人事《ひとごと》のように聞きながら、やがて待つ事十数分後。

「――いたあああああ！　あんたふざけんじゃないわよ、本当にバカなんじゃないの⁉　ねえ、本当にこれを毎日続けるの⁉」

「お頭様《かしらさま》、遅《おそ》くなりました。無事脱走《だっそう》して参りました！」

犯罪まがいの事をやっている自覚があるのか、顔が見えない様に深くフードを被《かぶ》りながらも、興奮と怒《いか》りで紅《あか》く輝《かがや》いた目を覗《のぞ》かせるゆんゆん。

そして、小さなリュックを背負ってまるでピクニックにでも行くような格好のアイリスが、丘の上にうつぶせに寝転がる私の下《もと》に駆《か》けつけてきた。

「二人ともご苦労。あの、ちょっと起こしてくれませんかね」

「ご苦労じゃないわよ、そのまま埋《う》めてあげようか⁉　ねえめぐみん、今王都が大変な騒ぎになってる事は知ってるよね？　この後一体どうするつもり⁉」

アイリスに仰向《あおむ》けの体勢に引っくり返された私に向けて、ゆんゆんが腰《こし》に手を当て説教を始める。

「どうするもこうするも。既《すで》に私達にはこういった時のノウハウがあるでしょう？　昔紅《こう》魔《ま》の里で似た様な事件があったじゃないですか。ええ、あれは実に痛ましい事件でした……」

「あ、あんたまさか……」

私とゆんゆんは、過去にこれと似た様な体験をしている。

紅魔《こうま》の里でちょむすけを狙《ねら》った謎《なぞ》の女悪魔が、夜な夜な爆裂魔法《ばくれつまほう》を放っていたのだ。

細部はちょっと違ったかもしれないが、まあそんな感じの事件があった。

「また他《ほか》の人になすりつけるつもり!?」

「ま、またとは何ですか失礼な！　紅魔《こうま》の里の爆裂魔《ばくれつま》の事を言っているのなら、アレは間違いなく女悪魔の犯行です。今回の事件は……。『気が付いたらなんか魔王っぽいのが散歩してて、いきなり爆裂魔法を撃《う》って帰って行った』とでも警察の詰《つ》め所で適当な目撃情《もくげき》報を……」

「やらないからね！　私はそんなアホな証言はしないからね!?」

ゆんゆんに叱《しか》られ続ける私を、アイリスがマイペースにお姫様抱《ひめさまだ》っこの体勢で抱き上げた。

「あの、今日はお弁当とお菓子《かし》を作ってもらったんです。お二人の分もありますので、どこか見晴らしの良いところで食べませんか？」

「ねえ、この子も案外常識が無いっていうかちょっと大物なんだけど！」

アイリスに抱っこされたまま、私はゆんゆんに指示を出す。

「このままでは追っ手が来ます。なので、まずはアクセルの街に帰りましょう。お弁当は街の外で食べればいいと思います」

「弁当の事は今はどうでもいいから！　ああっ、違うのイリスちゃん、そんな悲しそうな顔しないでくれる!?　どうでもいいは言い過ぎたわ、私だって本当はピクニックに行って友達と食べるお弁当とか、憧《あこが》れてはいるんだから！」

と、ゆんゆんが大声で騒《さわ》いでいたせいか、街の方でこちらに向かって、あっちだとか誰《だれ》かいるぞとか聞こえてくる。

「ゆんゆんが騒ぐから見付かったじゃないですか、友達と弁当食べるぐらいでテンション上がり過ぎでしょう、まったく、これだからぼっちは！　ほら早く、テレポートの魔法を唱えてください！」

「ねえ私のせいなの!?　なんだか納得《なっとく》いかないんだけど！」

なおも騒ぎ続けるゆんゆんは、口早に詠唱《えいしょう》を行うと。

「『テレポート』！」

私達に触《ふ》れながら、テレポートの魔法を慌てて唱えた。


――アクセルの街近くの湖に着いた私達は、アイリスが嬉々《きき》として広げたシートの上で弁当を摘《つ》まんでいた。

「ねえイリスちゃん、このお弁当って誰が作ってくれたの？　うん、凄《すご》く美味《おい》しいの。その、美味しいんだけどね？　使われてる食材が豪華《ごうか》すぎるっていうか、ピクニックに持っていくお弁当じゃないっていうか」

「最近出来たお友達と遊びたいんです、こっそり出掛《でか》けたいのですが、脱走する協力をしてはもらえませんかとメイド達にお願いしたら、なんだかすごく張り切ってお弁当まで作ってくれまして」

「ねえイリスちゃん、あなたのお家《うち》ってメイドさんがたくさんいるぐらい大きい家なの？ チリメンドンヤって何するとこなの？ イリスちゃんが言った最近出来たお友達って部分で浮《う》かれて流されそうになったけど、その後、ちょっと聞き捨てならないセリフが……」

フカヒレしゅうまいを箸《はし》で摘まんだゆんゆんが、深刻な顔でそれを眺《なが》めながら尋《たず》ねる中、

「そんな事はどうでも良いではないですか。胸のサイズや身長に、友達の数や家の事など、人には聞いてはいけない事というものがあるのですから」

「そうね、私が悪かったわ。めぐみんの言う通りね」

納得がいったのか自分も聞かれたくない事があるからなのか、ゆんゆんは大人しく弁当を摘まみだす。

弁当を食べる事ぐらいは出来る程度に魔力が回復してきた私も、モリモリと高級な弁当を貪《むさぼ》りながら。

「しかしイリスは食糧《しょくりょう》調達に関しては中々の腕《うで》を持ってますね。今後は我々の補給担当

係に任じます。つまりは出世ですね」

「出世ですか！　ありがとうございます、頑張《がんば》ります！」

「イリスちゃん、これから美味しいご飯を持って来いって言われてるだけだから騙《だま》されちゃダメよ！」

やがて弁当を食べ終わった私達は、裸足《はだし》になって湖に入り小魚を追いかけてみたり、湖の上に平べったい石を投げ、それを跳《は》ねさせる石切りという遊びをアイリスに教え、湖の対岸で釣《つ》りをしていた人を狙撃《そげき》しかけ謝り倒《たお》したり。

そんな事をしている間にやがて穏《おだ》やかな昼下がりの時刻になると……。

「今日はなかなか楽しかったわね。毎日こうなら喜んで参加するのに。それじゃあ、あまり長くなるとイリスちゃんのお家の人が心配してまた迎《むか》えに来るだろうし、そろそろ帰ろうか」

まだ名残惜《なごりお》しそうなゆんゆんの言葉に、アイリスがシートや弁当箱をリュックに詰めた。

「それでは帰りましょうか。今日は楽しかったです、またピクニックに来ましょうね！」

鼻歌交じりにアクセルの街へと向かう二人の後を、私もてくてくと付いていき……。

「違いますよ！　弁当食べてただけで帰ってどうするんですか！　いつの間にピクニックになっているんですか、我々の活動はこれからですよ！」

気付かれたかとでも言う様に、ゆんゆんが嫌《いや》そうな顔を見せる中、

「それでお頭様、今日はどういった事をするんですか？」

そんなアイリスの問いかけに、

「それでは今日の予定を話しましょう。先日は我々のアジトを手に入れました。ここはアクセルの街の本部にするとして……。各地にどんどん支部を増やし、いずれは世界規模にまで勢力を拡大していく予定の我々としては、先立つものが必要です。なので、お金を得るための収入源を確保しましょう」

「ねえ、世界規模って冗談《じょうだん》だよね？　めぐみんの場合、たまに冗談で言ってるのか本気で言ってるのかが分からなくなるんだけど……」

もちろん本気で言っているのだが。

というか……、

「既に我が盗賊《とうぞく》団はアクセル本部と王都支部の二つが存在しています。これからもどんどん増える事でしょう。王都支部のアジトはイリスの家です。イリス、我が盗賊団のシンボルマークが決まったら、それをあなたの家の高いところに飾《かざ》ってくださいね。今日からあなたが王都支部の支部長です。補給担当に王都支部長。大出世ですね」

「ありがとうございます、頑張ります！」

「イリスちゃん騙されちゃダメよ、あなた家まで乗っ取られようとしてるから！」

この国の王都の城に我が団旗がひるがえる日も遠くない。

そのためにも、まずは資金を得よう——

2

「というわけで仕事をください。それも長期にわたって安定して稼《かせ》げつつ、なおかつ名声も得られるような、そんなのを」

「ええと、どこかでアルバイトでもしたらどうでしょうか」

冒険者ギルドにやってきた私達は、受付のお姉さんに仕事を求めて相談していた。

アイリスがギルド内の冒険者達を目を輝かせて眺める中、すげなく即答《そくとう》された私はめげる事なく。

「そんなのではなく、もっとこう私達に相応《ふさわ》しい仕事が欲しいのです。私達三人は腕には自信がありますよ？　なので、街を脅《おびや》かす存在が現れたら撃退する代わりに守り代を頂くとかそんな仕事を……」

「つい先日、そんな仕事を始めた警備会社があったみたいですが、あっという間に潰《つぶ》れちやいましたよ？」

お姉さんの言葉に、なぜか隣《となり》にいたゆんゆんが目を逸《そ》らす。

潰れた警備会社とやらに心当たりがあるのだろうか。

「それはともかく、女の子三人に荒仕事《あらしごと》を頼《たの》むわけにも……」

やはり私達の見た目が問題か。

先日も見た目で判断されて仲間集めに苦労したところだ。

「お願いですお姉さん、ドカンと稼げるものでなくてもいいんです！　継続的《けいぞくてき》にお金を稼げて、それでいて街の人達に感謝され、あの盗賊団に入りたいと思われる様な仕事をください！　あと、出来れば戦闘《せんとう》系の仕事がいいのですが！」

「そんな条件に見合う仕事なんて、そうそうあるものでは……。……あっ」

そんな条件に見合う仕事に心当たりがあるのか、お姉さんが小さく声を上げた。

「なんですか、あるんですか？　ではそれをお願いいたします！」

「いえ、あるにはあるのですが、既に先約がいるといいますか……。実は、街のゴミ捨て場を荒《あ》らすカラス退治という街からの依頼《いらい》なのですが、なぜかこの仕事を無償《むしょう》でやってくれている方がおりまして」

カラス退治。

確かに街の人達に感謝され、一応戦闘系の仕事でもあり、街からの仕事という事で安定して継続的にも稼げそうなのだが……。

うん、さすがに紅魔族《こうまぞく》と王女様がカラス退治に出向くのもあり得ない。

宝の持ち腐《ぐさ》れ、過剰《かじよう》戦力というやつだろう。

「さすがにその依頼はちょっと。カラススレイヤーなんて不名誉《ふめいよ》な二つ名を付けられた日には誇《ほこ》り高い紅魔族《こうまぞく》として生きていけませんよ。それより、他には何かありませんか？　街でなくともいいので、大きな商店とか、どこかの団体だとか、安定してお仕事をくれるそんなところは？」

私の相談にお姉さんはしばらく悩《なや》み。

「一応、条件に合ったところがある事はあるんですが……」

——アクセルの街の郊外《こうがい》にある、最近改装されたばかりと思われる、中ぐらいの教会前。

「まさか、またここに来る事になるとは思いませんでした……」

「ねえめぐみん、止《や》めよう？　ここだけは止めよう!?」

ここはアクシズ教団のアクセル支部。

「建てたばかりな上に、青くて綺麗《きれい》な教会ですね！　……お二人とも入らないんですか？」

アクシズ教団の事をあまり知らないのか、教会を見上げていたアイリスだけが、一人無《む》邪気《じゃき》な感想を言っている。

「イリス、ここはこの街において非常に厄介《やっかい》な団体であり危険な場所です。もしこの中にいる人達がおかしな行動を取ってきたなら攻撃《こうげき》する許可を与《あた》えます」

「イリスちゃん、今回ばかりはめぐみんの言ってる事が正しいからね？　変な人が飛び出して来たら遠慮《えんりょ》はいらないから」

その警告に、アイリスが首を傾《かし》げながら教会のドアをそっと開け……。

それと同時に、何かがひっくり返って割れる音がした。

「あぁっ、ドアの前に置いておいた持ってるだけで幸せになれると噂《うわさ》の高価な壺《つぼ》が！　これを割るだなんて私の幸せを奪《うば》おうという不心得者ね！　ついては私を養うか弁償《べんしょう》するかアクシズ教団に入信するかのどれかを選んで責任取って……あら、めぐみんさんにゆんゆんさん？」

高いテンションのまま一気に捲《まく》し立ててきたプリーストが、私達を見るなりキョトンとした表情を浮かべる中。

「あの、ギルドからの依頼を請《う》けてやってきたのですが……。やっぱり帰ってもいいですか？」

私の返事を聞いたセシリーが、パアッと顔を輝《かがや》かせた。

「――あの、本当に弁償しなくてもいいのですか？　持ってるだけで幸せになれる壺だなんて、かなり高価で強力な魔道具《まどうぐ》だと思うのですが……」

申しわけなさそうな顔のアイリスに、セシリーが感動の涙《なみだ》を浮かべながら祈《いの》る様に手を組んでいる。

……いや、既《すで》に祈りを捧《ささ》げていた。

「ああ、感謝しますアクア様！　私の下《もと》にこんな純真なロリっ子を遣《つか》わしてくださるなんて……！」

依頼の話などもはや聞いてもいないセシリーは今日も絶好調の様だった。

何もなかった事にしてもう帰った方がいいのかもしれない。

「イリス、その壺はこのお姉さんがワザとドアの前に置いておいた物なので気にしなくてもいいですよ。誰《だれ》かがドアを開けて壺を割るのを待っていたのです。壺を割った相手に難《なん》癖《くせ》付けて、高額な弁償金をふんだくるか入信を迫《せま》るという悪辣《あくらつ》な手法です」

未《いま》だ心配そうな困り顔を浮《う》かべていたアイリスに、セシリーのやっていた事を説明する。

と、説明を聞いたアイリスは、なぜかセシリーに尊敬の眼差《まなざ》しを向けだした。

「まさかそんな手でお金を手に入れたり信者を増やせるだなんて、考え付きもしませんでした。セシリーさんって賢《かしこ》い方なのですね！」

「イリスちゃん、そこは感心するところじゃないから！　このセシリーさんのやってる事は犯罪スレスレの事だからね⁉」

むしろスレスレで犯罪だと思う。

「確かイリスさんと言いましたね。私はこの教会の偉《えら》い人でありアクシズ教団の美人プリースト、セシリー。私の事は気軽にセシリーお姉ちゃんと呼んでくださいね」

「はい、よろしくお願いしますセシリーお姉ちゃん。私はイリスと申します」

素直《すなお》にお姉ちゃん呼びをするアイリスに、セシリーがやおらハアハアと息を荒《あら》だて始める。

「ねえめぐみんさん、私、明日《あした》には死んじゃうのかしら。今日一日で幸運を使い果たして人生を終える事になるのかしら」

「こんな事ぐらいであなたの人生は満足なのですか？　イリス、このお姉さんが情緒《じょうちょ》不安定になるので、せめてお姉さん呼びにしてください」

「はあ、わ、分かりました……」

「ああっ、そんな！」

セシリーが何やらショックを受けているが、このままではちっとも話が進まないので強引《ごういん》に話題を変える。

「で、話を元に戻《もど》しますが……。私達はギルドからの依頼を請けてやってきたんです。お仕事の話をさせてもらってもいいですか？」

膝《ひざ》を抱《かか》えて落ち込んで、いじけ始めたセシリーに、ギルドから貰《もら》ってきた依頼書を見せ付けた。

3

「さて、それじゃあお仕事の話をしましょうか。といっても、実はそれほど難しい仕事じゃないの。依頼内容は紙の通りよ」

ギルドから私達が請けた仕事はざっと二つ。

一つは、最近この教会のそばに不審《ふしん》者が現れるのでその犯人捜《さが》しと撃退。

もう一つは、教団の資金源確保のための売り子募集《ぼしゅう》。

不審者の特定はともかくとして、売り子というのがなかなかに美味《おい》しい仕事だった。

月に数回ほど定期的にここに来て、ほんの数時間顔を出すだけでいいらしい。

それだけで、売り上げの一割が貰えるのだとか。

売り子募集のお仕事は要面接とあったものの、セシリーいわく私達なら問題ないそうだ。

一体何を売る気なのかは知らないが条件としては破格だといえる。

「売り子の方は楽勝っぽいので構いません。ところで、もう一つの仕事の方ですが……」

私の問いに、セシリーは自分の頰《ほお》に指を当て、悩ましい表情を見せる。

「それが、ここ最近の事なんだけど……」

セシリーの説明によると、教会の裏の畑で育てておいた野菜が食べられてたり、教会内の冷蔵庫から食料が盗《ぬす》まれたりするのだそうな。

犯人は物音一つ立てる事がないそうで、気が付けば食べ物が無くなっているのだとか。

かといって近所の人達に聞いてみても、怪《あや》しい人物の目撃情報はないらしい。

「野菜泥棒《どろぼう》に冷蔵庫荒らしですか。犯人の目的がよく分かりませんね。食料を盗むのが目的なら、何もわざわざこんな危険なところから持って行かなくてもいいでしょうし。捕《つか》まったら何をされるのか分からないこんなところより、もっと安全で楽な場所があるはずです」

「ねえめぐみんさん、アクシズ教団はそこまで悪辣でもないし嫌《きら》われてもいないと思うんですが」

私が犯人の目星を付けようと頭を悩ませていると、ゆんゆんがおずおずと口を開く。

「めぐみん、これって何かの恨《うら》みじゃないのかな？　アクシズ教団に酷《ひど》い目に遭《あ》わされた人が、仕返しをしに来てるとか……」

「怨恨《えんこん》ですか。……お姉さん、何か人に恨まれる様な事をした覚えはありませんか？　どんな小さな事でもよいのですが」

その言葉にセシリーは、何かを思い出そうと天井《てんじょう》を見上げ。

「……ちょっと分からないわね」

そう言って、悲しそうに小さく首を振《ふ》る。

アクシズ教団のプリーストが恨まれていないわけがないとの先入観から、ちょっと失礼な事を言ってしまったかもしれない。

「そうですか。すいません、変な事を聞いてしまいました。まあ知らないところで実は迷《めい》惑《わく》をかけ、逆恨みされていたという事もあるかもしれませんし……」

「ううん、違《ちが》うの。恨まれる覚えがあり過ぎて、とても特定出来ないって言いますか……」

「ガッカリですよ、私の謝りを返してください！　一体何をやらかしたんですか、心当たりのある人達全員に謝りに行きましょうよ！」

やはりセシリーはセシリーだった。

「それにしても、それだけ頻繁《ひんぱん》に盗まれているのなら目撃者がいないのが不思議よね。セシリーさん、犯行時刻は決まってるんですか？」

「犯行時刻と言われても、気が付いたら無くなってるといった感じで……」

ゆんゆんと顔を見合わせ悩むセシリー。

「お姉さん、ご近所さんとの付き合いはどうなんですか？　たとえば、また余計な事をやらかしてむしろご近所さんもグルになってるとか……」

「さすがの私も近所付き合いは大事にするわ。前の街にいた頃《ころ》はご近所さんとよくトラブルになって、危《あや》うく立ち退《の》き騒動《そうどう》にまでなったもの」

もうほんとどうしようこの人は。

「なんにしても、手掛《てが》かりがないのなら埒《らち》があきませんね。犯人捜しは後にして、まずは売り子の仕事というのは何を売るのかを聞きましょうか」

それを聞いたセシリーは、嬉々《きき》として教会の奥から何かを抱えて持ってきた。

それは箱に入った大量の白い粉。

「……あの。お姉さん、これってひょっとして」

私が何かを聞こうとする前に、だがセシリーは指を立て。

「シーッ！　めぐみんさん、それ以上は言っちゃダメ。これは口に入れるだけでとっても幸せになれるただの粉よ」

「ええっ!?」

それを聞いたゆんゆんが驚《おどろ》きの表情を浮かべ、アイリスはといえば首を傾げている。

「お姉さん、これはご禁制の品なんでしょう？　見付かったらまた怒《おこ》られますよ？」

「また!?　またって事は前科があるの!?」

一々ゆんゆんがツッコんでくるが、ご禁制の品という言葉が出た事でアイリスの眉《まゆ》がぴくりと動く。

「ふふ、大丈夫《だいじょうぶ》よめぐみんさん。これはご禁制のアレではないわ。アレを元に改良を重ねた、まだ禁止されていない特別製。人体に被害《ひがい》がない事は既に確認《かくにん》済み。うふふふ、もしこれを知ったなら、この街の皆《みな》はもう、これを我慢《がまん》出来ない体になるわ！」

「ッ！」

セシリーが怪しい笑《え》みを浮かべると、ゆんゆんが腰《こし》からワンドを引き抜《ぬ》いた。

それをセシリーに突《つ》き付けながら、悲し気な顔で訴《うった》えかける。

「セシリーさんは、性格はアレだし言動はおかしいけど、こんな事をしでかす様な人じゃないって思ってたのに！　私だってセシリーさんは知らない人じゃないんだから、絶対に更生《こうせい》させてみせますから！」

何か重大な勘違《かんちが》いをしていそうなゆんゆん。

それに続いてアイリスが、すらりと剣《けん》を抜き放ち、

「禁制品に指定された物はどれもこれもこの国に害を為《な》す品のはず。それを改良した特別製と聞いては見逃《みのが》すわけには参りません」

「待って、二人はどうしてお姉ちゃんにそんな厳しい目を向けるの!?　何か悪い事をしたなら謝るし、ちゃんと二人にもこれ分けてあげるから！」

突然《とつぜん》の事にセシリーが酷く慌《あわ》てる中。

「私達にまでソレを勧《すす》めるだなんて……。まさか、めぐみんにも勧めたなんて事はありませんよね？」

「えっ!?　……そ、それはもちろん、コレの素晴《すば》らしさを分かち合おうと……」

ゆんゆんの目が紅《あか》く輝く。

なんだろう、何だかこれに似た様な展開を見た事ある。

「待って！　お姉ちゃんの話を聞いて!?　きっと、何か誤解があると思うの！」

怯《おび》えるセシリーにじりじりとにじり寄る二人に向けて。

「何か勘違いしている様ですが。これは子供やご老人が喉《のど》に詰《つ》まらせやすいという事で、現在取引が禁じられている嗜好品《しこう》、ところてんスライムの粉ですよ」

「「えっ」」

武器を構えていた二人はそれを聞いて動きを止める。

「うっ、うっ……。コレはお爺《じい》ちゃんが食べても喉に詰まる事のない、画期的な特別製で……」

ぐすぐすと泣くセシリーに、二人は顔を見合わせた。

4

「――まったく！　お姉さんがそんな怪しげな粉を扱《あつか》うわけがないでしょう!?　これでも聖職者なのよ？」

「「ごめんなさい！」」

立場が逆転した事で強気に説教するセシリーに、二人が声を揃《そろ》えて謝った。

毎度毎度セシリーが紛《まぎ》らわしい言い回しをするからいけないのだと思うのだが。

「コレは私が時間をかけて改良した、喉に詰まる事もない画期的な特別製よ。でも、このままところてんスライムって名前で売りに出しちゃうとお巡《まわ》りさんが来ちゃうから、『アクシズ教団の白い粉』という名称《めいしょう》で売りましょうか」

「そっちの名前の方が絶対お巡りさんが来ちゃうと思うのですが」

しばらく協議した結果、せめて『アクシズ教団のアレ』という謎《なぞ》の名称で落ち着いた。

というか、本当にこれを売るつもりなのだろうか。

そもそも、これって売れるのだろうか。

そんな私達の思いをよそに、

「それじゃあ早速《さっそく》行きましょうか！　あなた達さえいればきっと飛ぶように売れる事間違いなしよ！」

セシリーは上機嫌《じょうきげん》でアレが入った箱を持ち上げた。


——まあ嫌《いや》な予感はしていたのだ。

「お頭様《かしらさま》？　こんな、ただ粉をお渡《わた》しするだけの仕事で、たくさんのお金を頂いてしまってもいいのでしょうか？　なんだかひどく簡単なお仕事なのですが」

お客の一人にアレを手渡《てわた》したアイリスが不思議そうな表情を浮《う》かべながら尋《たず》ねてくる。

私も同じくアレの一つをお客に渡し。

「お仕事自体は単純ですし楽なのも間違いありません。ですが、私達は十分に高い対価を貰《もら》う権利があります」

そしてチラリとセシリーに視線を送った。

「さあ、我が教団がちょっと人には言えない手法で作った『アクシズ教団のアレ』ですよー！　使い方は至って簡単。水に溶《と》かして食べるだけ！　とろとろでぬるぬるでそれはもう満足する事間違いなし！　ささ、そこの美少女達が手にしているアレを味わってみたくはありませんか？」

なんというかもうアウトだろう。

色んな意味でアウトだろう。

どうしてこの人は言い回しがアレなのだろう。

私の隣では、セシリーの口上を聞いて顔を赤くしたゆんゆんが、それでも真面目《まじめ》にやってくるお客さんにアレを渡す。

売り子に関しては面接があると言っていたがこういう事か。

美少女がアレを手渡しする。

やってる事はただそれだけなのだが……。

「あの、それってやっぱり、ご禁制のアレですよね？」

「おっと違いますよお客様。これは改良された事により安全基準を満たし、ご禁制ではなくなったアレです。ささ、病《や》みつきになる事間違いなしですよ」

「ください、三つください！」

怪《あや》しげな客寄せにもかかわらず、お兄さんがわざわざ私達一人ずつからそれぞれアレを買っていく。

「お姉さん、一応聞きますがそれって本当にところてんスライムを改良した物なんですよね？　食べると美味《おい》しいちゅるんとするヤツですよね？」

「そうよ？　他《ほか》に何があるのか分からないけど、めぐみんさんが言った物で間違いないわ」

お姉さんとお客さんの言い回しが引っ掛《か》かり、どうにも勘ぐってしまった。

「さあいらっしゃいいらっしゃい！　美少女達が恥《は》ずかしながらもギュッと握《にぎ》り締《し》めた例のアレ！　今ならたったの……。あら、そちらにいるのは……」

「おや、これはこれはセシリーさん。お久しぶりではないですか」

通りすがりの老紳士《しんし》がセシリーを見て声をかける。

二人は知り合い同士の様だ。

「おお、これはまさか……！　アレですか？　お湯に溶かしてアレすると、天国を味わえるあの……！」

「ええ、アレをさらにアレして、人体への影響《えいきょう》を極限まで下げた物です。ここは同好の士として、少しおすそ分けを……」

「本当にところてんスライムですよね!?　これは本当に、ただの禁制品のところてんスライムなんですよね!?」

「「シーッ！」」

耐《た》えられなくなって叫《さけ》んだ私は、なぜか理不尽《りふじん》にも怒られた。

5

結局、あの色んな意味でいかがわしいアレはあっという間に売り切れた。

卑猥《ひわい》な言い回しや危険な言い回しが多数あったが、ところてんスライムが意外にも人気のある食べ物だと知り驚きを隠《かく》せない。

教会に帰ってきた私達は上機嫌のセシリーから労《ねぎら》われていた。

「三人ともよくやってくれたわ！　次は、アレをお湯に溶かした物をお客さんの目の前で、ちゅるんとやってくれるとなおいいんだけど……」

「やりませんよ！　ねえめぐみん、もうこんな仕事はやらないわよね!?　私、なんだか両方の意味でいかがわしいバイトしてる気分だったんだけど……」

ゆんゆんが大切な何かを失った様な表情で言ってくるが、こんな短時間で良いお金を稼《かせ》げるお仕事なのだ。

これを続けない理由はないだろう。

「セシリーお姉さん、私《わたくし》、今日は楽しかったです！　初めてお金を稼ぎました！」

「あっ、ちょっと待ってイリスさん、そんな真っ直《す》ぐな目でお姉ちゃんを見ないで！　何だかアクア様に懺悔《ざんげ》したい気分になってくるから！」

アイリスからの無垢《むく》な視線を浴びたセシリーが、身を抱《だ》き締めながら悶《もだ》えている。

やがてセシリーは、皆《みな》にもところてんスライムを食べさせてあげるからと言って逃《に》げる様に台所へ向かい……。

「あーっ！　またやられたわ！」

突然そんな悲鳴を上げた。

——台所に入った私達は、何か手掛《てが》かりがないかと辺りを探す。

「教会を出る前は確かに食料は入っていたんですね？」

「ええ、間違《まちが》いないわ。ここにところてんスライムの粉を保管していたんだもの、その時に食料の数も見ていますから」

犯行時間は私達があの妙《みょう》な物を売りに行っている小一時間ほどの間のみ。

どれだけの食料が持ち出されたのかは分からないが、教会の外で見張って私達が出掛《でか》けたのを確認《かくにん》したのでなければ、これほど鮮《あざ》やかには行えないと思うのだが。

と、アイリスが突然《とつぜん》声を上げた。

「セシリーお姉さん見てください、こんなところに怪しい跡《あと》が！　明らかに何かを引きずった様な跡ですが、これは食べ物を持ち去った方が付けたのでは？」

見れば確かに、床《ゆか》に油性の何かを押し付けてそれを引きずった様な跡がある。

それを見たセシリーは真剣《しんけん》な表情で一つ頷《うなず》くと、

「こないだ天ぷらを作ってる最中に転んでお鍋《なべ》をひっくり返してね。油まみれでのたうちながら、自分にヒールを掛けて這《は》いずり回った覚えがあるわ」

この人は本当に何をやっているのだろう。

と、今度は魔道《まどう》冷蔵庫を開けたゆんゆんが何かを見付けた様だった。

「セシリーさん、これを見てください！　なぜか冷蔵庫の中に、その、男物の下着が入ってます！　女性が暮らしてる教会の冷蔵庫にこんな物を入れるなんて、犯人はきっと変質者に違いないですよ！」

その言葉に冷蔵庫の中を見てみれば、そこには冷やしたパンツが収められていた。

同じ女性として、この様なセクハラは見過ごせないのだろう。

ゆんゆんはパンツを手にして忌《い》ま忌ましそうに握り締める。

そんなゆんゆんにセシリーは再び真剣な顔つきで頷くと。

「それは家に冷蔵庫がないアクシズ教徒の男性信者が入れていったものね。お風呂上《ふろあ》がりには冷えたパンツを穿《は》かなきゃ落ち着かないらしく、毎日大衆浴場の帰りにここに寄って帰っていくの」

ゆんゆんがパンツをぶん投げる中、セシリーは意を決した様に声を張る。

「これ以上は埒《らち》が明かないわね。めぐみんさん、こうなったら私に恨《うら》みを持ってそうな人達の下《もと》に行き、一人一人問い詰《つ》めるわよ！　めぐみんさんは私の後ろで目を紅《あか》く輝《かがや》かせて杖《つえ》をぶんぶん振《ふ》り回してくれるだけでいいわ。そして私はこう言うの！　私に言うべき事があるでしょう？　素直《すなお》に言わなければ、後ろにいる紅魔族《こうまぞく》が何をするか……」

「脅迫《きょうはく》には協力しませんよ!?　ちゃんと話をしてくださいね!?」

――まず最初の容疑者として、アクシズ教会に一番近い場所にあるという、肉屋のおじさんから話を聞く事にした。

「さあ白状してもらいましょうか！　こないだ私が、『14歳ぐらいの女の子のほっぺたと同じ柔《やわ》らかさのお肉をちょうだい』って頼《たの》んだ時、あなたはそんな物知らないよといって呆《あき》れていましたよね？　その後私が、『あの肉屋は肉の善し悪《あ》しも分からないダメな肉屋だ』って噂《うわさ》を流した事に腹を立て、犯行に……」

「おいちょっと待て、こないだは頭の悪い注文して店の邪魔《じゃま》しやがったと思ったら、あんたそんな噂を流しやがったのか！　一緒《いっしょ》に警察に来い、営業妨害《ぼうがい》で突《つ》き出してやる！」

「ああっ、ちょ、ちょっと待ってください、警察は止《や》めて！　最近あそこに行く度《たび》に、ちょっと良い感じの雰囲気《ふんいき》の若いお兄さんに、またお前かって蔑《さげす》んだ目で言われるの！　せめて、あのお兄さんに恋人《こいびと》がいないかどうか確認してから……！」

……もう放《ほう》っておいて帰ろうか。

私がそんな目をゆんゆんに向けると、珍《めずら》しく意思が通じたのかこくこくと頷いてくる。

よし、帰ろう。

「……あの、おじさま、待ってください。私も謝りますので、セシリーお姉さんを許してあげてはくれませんか？」

どうしようもない空気の中、突然響《ひび》いた純真無垢な少女の声。

「え、えっと。いやまあ、俺もその、警察ってのは言い過ぎたな。ほ、ほら。このお嬢《じょう》ちゃんに免《めん》じて許してやるからもうそんな事するんじゃないぞ」

縋《すが》る様なアイリスの視線を浴びた肉屋のおじさんが、プイッと顔を背《そむ》けてセシリーに言い捨てた。

のしのしと店に帰っていく姿を見送っていたセシリーが半泣きでアイリスに縋りつく。

「あああアイリスさんありがどおおう！　お礼にお姉ちゃんの妹にしてあげるから！」

「い、いえあの、それは……。最近新しいお兄ちゃんが出来たばかりですので……」

戸惑《とまど》うアイリスを眺《なが》めながら、せっかく置いていくチャンスだったのにと軽く残念に思っていると。

「今のは危ないところだったわ。あのおじさんの誘導尋問《ゆうどうじんもん》にやられたわね」

「お姉さんは勝手に喋《しゃべ》って勝手に捕《つか》まってただけじゃないですか」

立ち直ったセシリーは、私のツッコミにも構わずに、

「次はあそこよ！　ええ、近場から総当たりで行こうっていう考えが大間違い！　一番確率が高いところから問いただすべきだったのよ！」

そう言って、こちらの返事も待たずに駆《か》け出して行く。

「活動的な方ですね……」

アイリスがそんな感想を抱《いだ》いてるが、アレは活動的というよりも何も考えていないだけだと思う。

「……ねえめぐみん、やっぱ今日はお弁当食べて帰っておけば良かったんじゃないかな」

今日ばかりは反論出来ない。

6

セシリーの後を追うと、案の定というかアクシズ教団の宿敵というか。

「オラッ、エリス教徒めとっとと出て来い！　私が大事に取っておいたプッチンプルン返せ！」

セシリーが、エリス教団の教会のドアをげしげしと蹴《け》り付けていた。

「イリスちゃん見ちゃダメ！　ああいう姿は目に入れないで、あなたはそのまま綺麗《きれい》な心で育っていってね」

そんなセシリーの姿を見せまいと、ゆんゆんが後ろからアイリスの目を覆《おお》い隠す。

「お姉さん、いきなり何をやらかしてるんですか。エリス教団と仲が悪いのは知ってますが飛躍《ひやく》しすぎですよ」

私が連れて帰ろうとするも、セシリーはドアをバンバンと叩《たた》きだし教会の前から離《はな》れない。

と、その時。

「また来たんですかあなたは！　もうウチの教会には来ないでくださいと何度言ったら分かるんですか！」

教会のドアが開けられると、エリス教徒のプリーストが現れた。

——私達が事情を説明すると、エリス教徒のプリーストは深々とため息を吐《つ》く。

「あの、私達は日頃《ひごろ》から冒険《ぼうけん》者達の傷を治したり炊《た》き出しを行ったりで、そちらの教会に出向くほど暇《ひま》ではありませんよ。それに食料には特に困っていません。なぜエリス様に仕える私達が盗《ぬす》みなどを働くのですか」

「嘘吐《うそつ》き！　本当に食料に困ってないのなら、この間あなたの目の前でこれみよがしに串《くし》焼《や》きを齧《かじ》ってやった時、あんな目で見ないはずよ！」

「あなたはそんな事やってたんですか」

呆れながら呟《つぶや》くも、なぜかエリス教プリーストは一瞬《いっしゅん》だけウッと表情を怯《ひる》ませ、

「エリス教では清貧が美徳とされるんです。目の前で串焼きを食べられたぐらいでは」

「あっ、また嘘言った！　たんぱく質が足りてないからエリス教徒は胸が育たないのよって言ってやったら結構悩《なや》んでたクセに！」

「お、おのれ、背教者め言わせておけば！」

また喧嘩《けんか》を始めた二人を引き剝《は》がしながら、私は思わず苦言を呈《てい》する。

「お二方の宗派が仲が悪いのは分かるのですが、どうしてそうも聖職者なのに喧嘩ばかりするのですか」

エリス教プリーストもセシリーと同レベルに身を落としたのが恥《は》ずかしかったのか、カァッと顔を赤くする。

「うっ……。そ、それは。お恥ずかしい事です……」

「やーい、怒《おこ》られてやんの！」

「お姉さんにも言ってるんですよ！」

私の後ろで挑発《ちょうはつ》を続けるセシリーに呆れていると、

「でも、この胸パッドプリーストが知らないとなると一体誰《だれ》が……。後は心当たりがあり過ぎて本当に誰がやったのか特定出来ないのだけど……」

「あなた、いい加減にしないとメイス持っておたくの教会に殴《なぐ》り込みに行きますよ」

胸を隠《かく》す様にするエリス教プリーストに、セシリーに無理やり謝らせるとその場を後にする。

なんというか、これは本当に怨恨《えんこん》なのだろうか。

なにせ今のエリス教徒の反応の様に、どれだけ頭にきたとしても関《かか》わり合いになりたくないのがアクシズ教徒だ。

それが、多少迷惑《めいわく》を被《こうむ》ったぐらいでやり返しに行くだろうか？

「お姉さん、もう一度教会に戻《もど》ってみませんか？」

私はエリス教会の看板に落書きしようとしてゆんゆんとアイリスに止められるセシリーに、そう提案したのだった。


「――またやられたわ」

教会に戻るとセシリーがそう呟きへたり込んだ。

「被害《ひがい》はどれだけなのですか？　先ほどよりそれほど減った様には見えませんが……」

冷蔵庫の前で座り込んだセシリーを尻目《しりめ》に中を覗《のぞ》くもそれほど大きな変化はない。

「奥の方にしまっておいたところてんスライムが無いのよ……。これで一体何度目かしら……。私の好物ばかりをピンポイントで狙《ねら》うだなんて、ひょっとしてこれも魔王軍《まおう》の仕業《しわざ》なのかしら？」

「魔王軍がたかが一教会の冷蔵庫からおやつを盗んでいくなんて考えたくもありませんが、ちょっと気になった事があります」

先ほどアイリスが見付けた、何かが這《は》いずった様な跡《あと》。

それが、台所から教会の裏口へと続いているのだ。

確か被害に遭《あ》ったのは教会の冷蔵庫と裏の畑の作物だという。

私は裏口へのドアをバンと開けると——！

「……あの、お姉さん。ところてんスライムが野菜食べてるんですが」

「ああっ、何て事⁉　確かに絞《し》めたはずのスライムが元気いっぱいにモリモリと……！

まさかアクア様が起こした奇跡《きせき》なの⁉」

「セシリーさん、これってどう見てもスライムが犯人じゃないですか！　疑った人達に謝ってください！」

「——嫌《いや》な……。事件だったわね……」

犯人は、セシリーが魔改造を施《ほどこ》したため生命力が増したスライムだった。

ちっとも反省した様子が見られない遠い目をしたセシリーに私とゆんゆんが説教するも、アイリスにそれぐらいでと止められる。

「まったく、イリスはもう少しアクシズ教徒の事を知るべきです。いくらなんでも世間知らずにもほどがありますよ」

「そうは言いましても、セシリーお姉さんはそれほど悪い方には思えないのですが……。私《わたくし》、人を見る目に関しては自信があるんです」

その目はアクア並みの節穴だと思うのだけど。

と、私達から叱《しか》られていたセシリーの様子がおかしい。

床《ゆか》に自主的に正座していたセシリーは、小刻みに身を震《ふる》わせると……、

「イリスさん、あなたはぜひアクシズ教団に入信すべきよ！　ええ、そうすべきだわ！」

「イリス、今日はもう帰りましょう。そもそもここに連れてきたのが間違《まちが》いでした、もう二度と連れてこないので今日あった出来事は全《すべ》て忘れてください」

アイリスを城の外に連れ出した事だけでもマズいのに、目を離した隙《すき》にアクシズ教に入信させられましたなんて事になったら死刑《しけい》である。

「セシリーお姉さん、私はアクシズ教の教えを知らないのですが、一体どのようなものがあるのですか？」

「よくぞ聞いてくれました！　イリスさんは何か我慢《がまん》してる事はない？　我がアクシズ教団の教えでは、我慢は体に毒だから、思うがままに生きなさいというのが主な教えよ。好きな事をやっていいの。もっとワガママを言ってもいいの。もし好きな人がいるのなら、たとえ相手がどれだけ高い身分の人でも我慢せず、むしろ好きな相手の身分を自分と釣《つ》り合うレベルに無理やり下げてやる勢いで行動すればいいの」

「イリスちゃん、聞いちゃダメ！　ほら、耳を塞《ふさ》いで！」

嬉々《きき》として教えを説くセシリーに、ゆんゆんがアイリスの耳を塞ぐ。

——と、その時だった。

教会のドアが開け放たれると同時、聞き覚えのある声が響《ひび》き渡《わた》る。

「ここに金髪碧眼《きんぱつへきがん》の愛らしい少女が連れて来られたと聞く。全員抵抗《ていこう》せず大人しく……あっ、イリス様！　見付けましたよ！」

そこにいたのは白スーツを着た護衛の女性、クレアだった。

それを見たアイリスがシュンと俯《うつむ》き小さくなる。

「もうお迎《むか》えの時間ですか……」

「イリス様、お迎えの時間ではないです！　そもそも外を出歩く事自体、許可した覚えがありませんよ！」

段々慣れてきた感のあるアイリスにクレアが思わずツッコんでいると、セシリーがスッと近付き。

「ええと、そちらの方は？　初めまして、私は当教会の責任者にしてプリーストを務めております、アクシズ教団アクセル支部長、セシリーと申します。イリスさんなら当教会で手厚く保護しておりましたので心配はありません。どうかご安心くださいね」

そう言って、むしろ私達に手厚く保護されていたはずのセシリーが、とてもアクシズ教徒とは思えない真摯《しんし》な対応を見せ付けた。

「えっ？　あ、ああ、これはどうも」

それに釣られたのか、クレアも一瞬戸惑《とまど》いを見せた後、

「私はイリス様の護衛を務める者、クレアと申します。どうやらイリス様を保護していただいていた様でありがとうございます。アクシズ教団の中にもあなたの様な方がいるのですね」

そう言って、居住まいを正すと深々と頭を下げる。

このお姉さんは以前はカズマに斬《き》りかかろうとしたぐらいに短気な人のはずだが、アイリスのためならこんな対応も出来るらしい。

私が密《ひそ》かに感心していたその時だった。

「そうですか、イリスさんの護衛の方……。今、丁度、イリスさんにアクシズ教の教義について教えてあげていたとこなのですよ。どうです？　護衛のあなたもぜひご一緒《いっしょ》に」

「アクシズ教に!?　い、いいえ、その様な大問題になる事を……いいや、イリス様はまだ成人しているわけでもないので、その様な事をされると困ると申しますか……。そもそも、イリス様には公平な観点でいてもらわなくてはいけないので、特定の宗派に傾倒《けいとう》されると困るといいますか……」

相手が良識がある聖職者の女性だとさすがに強くも出られないのか、クレアがどうにか断ろうとするも、

「あなたはアクシズ教徒に向いています。私には分かります、同志の匂《にお》いを感じますもの」

「ど、同志の匂い……」

クレアは少し嫌そうな顔をしながらも、自らの服の袖《そで》をくんくんと嗅《か》ぐ。

「あなたは結ばれてはならない恋《こい》を患《わずら》ってはいませんか？　許されぬ想《おも》いを抱《いだ》いてはいませんか？　アクシズ教では、相手がアンデッドや悪魔っ娘《こ》でさえなければ、同性だろうが身分差だろうが何もかもが許されます」

「同性だろうが身分差だろうが⁉　そそ、それは……。いやしかし」

アクシズ教の何が琴線《きんせん》に触《ふ》れたのか、クレアが激しく動揺《どうよう》する。

「さあ、我慢は体に毒ですよ？　我慢する事はアクシズ教の教義に違反《いはん》します。あなたの願うままに。想うがままに……！」

「あああっ、わ、私は今日のところはこれで！　イリス様、どうかお別れの挨拶《あいさつ》を！」

これ以上はマズいと思ったのか、クレアはイリスの手を取ると、慌《あわ》てて教会を出ようとする。

「……それでは、お頭様《かしらさま》、ゆんゆんさん、セシリーお姉さん、また明日《あした》！」

「また明日ではありません！　行かせませんよ、明日は一日中見張ってますから！」

連れ帰られると知ってシュンとしていたはずのアイリスは、今はなぜか明るい顔で、私達に手を振《ふ》り連れられて行った。

「――かなり手応《てごた》えがあったのに、取り逃《に》がしてしまいました……」

無念そうにセシリーが呟《つぶや》く。

手応えというのは、アイリスだろうか、クレアだろうか。

どっちも強く押せばアクシズ教団に入信しそうで怖《こわ》いのだが。

「ねえめぐみん、あのクレアさんって人が『イリス様には公平な観点でいてもらわなくてはいけないので』とか言ってたけど、イリスちゃんって……」

と、ゆんゆんがそこまで言ってブンブンと首を振る。

それはあり得ないとでもいう様に。

そんなゆんゆんは置いておき、私はセシリーに向き直る。

「お姉さん」

「セシリーお姉ちゃんに呼び名を戻して欲しいなあ……」

相変わらずどこまでもマイペースなセシリーに。

「実は私達は、今回限りのアルバイトではなく、今後も継続《けいぞく》してお金を稼《かせ》ぎたいのです」

「それはこっちとしても有り難《がた》いわね。『アクシズ教団のアレ』以外にも、色々とお金になりそうなアイデアがたくさんあるの。『美少女が握《にぎ》ったおにぎり』『美少女が息を吹《ふ》き込んだ風船』『美少女が……』」

「全部美少女が作っただけの物ばかりじゃないですか！　出来ればもう少し真っ当に稼げる方がいいのですが……」

私の言葉にセシリーが、ふふふと楽し気に笑いながら。

「そんなにお金を稼ぎたいのには、さっき連れて帰られたイリスさんにも関係あるの？」

日頃《ひごろ》はちゃらんぽらんなクセに、こんな時だけはまるで私の考えを見透《みす》かしたかの様なセシリー。

「まあ、あの子にもちょっとだけ関係あるといいますか。私達が安定した資金を得られるようになり、どんどん我が組織が大きくなれば、いずれあの人の手助けをして魔王を倒《たお》す事も夢ではないと信じてますので……」

「魔王を倒す事も夢じゃないだなんて、また大きく出たわね！」

そう、夢ではないはずだ。

あの飄々《ひょうひょう》とした仮面の盗賊《とうぞく》ならなんとなく魔王すら倒せそうな気がしてしまう。

そして、もし魔王を倒せたなら……。

「魔王がいない平和な世の中になったなら、あの子もきっと、今よりは自由に出歩ける様になると思うのです」

そうしたら、今日みたいにピクニックでも何でも誘《さそ》えるだろう。

きっとあの子も喜ぶはずだ。

「私はお金を稼ぐ事に関しては不得手なので、協力をお願い出来ませんか？　お姉さんは色んな事を考えてお金を稼ぐのが得意そうなので」

本来なら、あの男にお願いしても良かったのだけど。

まあ、もっと大きな組織になってから自慢《じまん》したいという思いもある。

ゆんゆんもこの困ったお姉さんに頼《たよ》る事自体は特に異存はない様で、ちょっとだけ嬉《うれ》しそうな顔で頷《うなず》いている。

だが……。

「それは簡単には受け入れられないわね」

セシリーは、そんな同情を引く言葉には惑《まど》わされないとばかりに首を振ると、

「私はロリっ子をこよなく愛するアクシズ教徒。イリスさんやめぐみんさん、ゆんゆんさんがそんな面白《おもしろ》そうな事をしているのなら……」

そんなロクでもない事を口走りながら、目をキラキラさせて言ってきた。

「お姉さんも、その怪《あや》しげな組織とやらに交ぜてくれるのなら構わないわよ！」

7

「――帰りましたよー」

「やあ、お帰りめぐみん。今日は私が腕《うで》によりをかけたご馳走《ちそう》だ！　楽しみにしていてくれ！」

今日も今日とて屋敷《やしき》に帰ると、鼻息の荒《あら》いダクネスが出迎《でむか》えてくれた。

と、広間のソファーでだらしなく寝《ね》そべるカズマが言った。

「なあめぐみん、めぐみんも止めてくれよ。こいつ、昨日俺にちょろっと料理について文句付けられたぐらいで、今日こそは俺の鼻をあかしてやるとか面倒臭《めんどうくさ》い事を言っててさ」

「面倒臭いとか言うな！　貴様が私を愚弄《ぐろう》するからだろうに！　見てろよ、私も女の端《はし》くれとして、今日こそはニートなんぞに料理で負けん！」

怒《おこ》りながら台所に引っ込んでいくダクネスに、

「おいダクネス、昨日みたいなシャバシャバしたのは好みに合わないからなー！　高級料理かもしれないが、俺が好きなのはもっとジャンクなヤツなんだよ。今日は脂《あぶら》っこい物が食べたい」

「脂っこい物か……。もう作ってしまったのだが、仕方がないから追加で何か付けるとしよう。まったく、そういうワガママはもっと早くからだな……」

と、ダクネスが言い掛《か》けた言葉を、今度はアクアが遮《さえぎ》ると。

「私はアッサリしたのがいいんですけど。こう、ツルッといけるのがいいわね」

「ツルッと……。ええと、麺類《めんるい》という事か？　うう、しょうがない、それも今から追加するから……。め、めぐみんは？」

アクアにまで追加注文をされたダクネスが、私にもリクエストを聞いてくる。

「もう作ってあるのでしょう？　私はそれでいいですよ、ダクネスの料理は普通《ふつう》ですが、別にハズレではありませんし」

「めぐみんまで普通とか言わないでくれ！　しかし、妙《みょう》な注文を出さないのは助かる。今から追加を作るので、ちょっと待っていてくれ」

そう言ってダクネスが台所に引っ込むと、ソファーで寝転がるカズマの下《もと》にアクアがボードゲームを持ってやってきた。

「カズマさんカズマさん、晩御飯《ばんごはん》が出来るまで私と一戦しましょうよ。今日の私は一味違《ちが》うわ。なにせとっておきの秘策があるの」

負けフラグとしか思えない事を言いながら、アクアがいそいそと駒《こま》を並べる。

「とっておきの秘策ってなんだよ。こないだもそんな事言っといて、『時間制限はないんだから牛歩戦術よ！　頭では敵《かな》わないかもしれないけれど体力勝負なら負けないわ！　徹《てっ》夜《や》になるぐらいたっぷり時間を掛けてあげるから、精々頑張《がんば》るといいわ！』とか意味分かんない事言いながら始まって十分で寝ただろお前」

「うるさいわね、あれはあれ、これはこれよ。ふふん、今回は凄《すご》いわよ？　先攻《せんこう》はカズマでいいわ。さあどうぞ？」

自信たっぷりのアクアに対し、カズマが駒を動かした。

「かかったわねカズマ！　賢《かしこ》い私は考えたわ。ワザと後攻になり、相手とまったく同じ手を打つの！　つまり対戦相手は自分と同じ力量を持った者と勝負をする事になるわ。でも、これを行っているのは私。そう、相手の力だけでは互角《ごかく》の勝負になるけれど、そこに私の力もプラスされれば？」

自信満々のアクアは言いながら、カズマとまったく同じ手を打った。

「そう、この画期的な作戦はどんな相手にだって勝てる恐《おそ》ろしい秘策なの！　こちらは何も考えずに相手の手を真似《まね》するだけ。やがて相手が疲労《ひろう》して、ミスを犯《おか》した瞬間《しゅんかん》に私が本気を出せば……！」

そこまで言ってアクアが止まる。

どうやら早速《さっそく》ピンチに陥《おちい》っている様だ。

相手の真似をしますと言ってしまったら、先攻に良いようにされてしまう。

うんうん悩《なや》みだしたアクアを尻目《しりめ》に私は足下《あしもと》にすり寄ってきたちょむすけを抱き上げながら今日の出来事を報告する。

「カズマ、今日の戦果はなかなかでしたよ。まず我が軍団が今後活躍《かつやく》するための安定した資金源獲得《かくとく》に成功しました。これで目標に向けて大きく一歩進んだと言えるでしょう」

私の言葉を聞きながら、盤面《ばんめん》からは目を離《はな》さずに。

「そりゃあ良かったな。なんだ、資金源獲得ってバイトでもしてたのか？」

「ええまあ。ギルドからの依頼《いらい》を請《う》けて、スライムを倒したりしてました」

ペシと駒を打ちながら、

「スライム退治か。まあそのぐらいお前のレベルなら危なくないかもしれないけど、他《ほか》の子がピンチになったら助けてやれよ？　おっと、早速王手だな」

「ねえ、おかしいんですけど。同じ手を打ってるはずなのに、どうして私の方が不利になってるの？」

どうやら私のやっている事はまだごっこ遊びぐらいにしか考えていないらしい。

近所の子供とスライム駆除《くじょ》をしたぐらいにしか思われていないのだろうか。

まあいいか。

もっともっと大きくなって、カズマが腰《こし》を抜《ぬ》かすぐらいの規模になってからちゃんと教えてあげるのも悪くない。

「皆《みな》、食事が出来たぞ。今日こそは文句は言わせないからな。さあ、席に着いてくれ！」

ダクネスが持ってきた晩御飯をテーブルに並べる手伝いをしながら。

「そういえば、もう一つ」

そろそろと駒を置いたアクアに対して、まったく悩む事なく反撃《はんげき》して早々とケリを付けたカズマに向けて。

「また新しい団員が増えました」

迷走する盗賊団
第三話

1

——順調だ。

まず、盗賊団結成初日には秘密基……ではなく、拠点《きょてん》となるアジトと強力な下っ端戦闘《ばせんとう》員を手に入れた。

そしてこないだは、定期的なお小遣《こづか》……いや、盗賊団の資金源及《およ》び、回復魔法《まほう》の使い手を得る事にも成功した。

正直、ここまでうまくいくとは思ってもいなかった。

というか、想定していた当初よりも規模が大きくなりそうな気がする。

なぜなら……。

「——めぐみんさん、聞いて聞いて！　お姉さんがこの盗賊団《とうぞく》についての手紙をアクシズ教団の本部に送ってみたら、入団希望者の問い合わせが殺到《さっとう》中らしいの。これは一気に勢力拡大するチャンスじゃないかしら」

私達が拠点にしているアクセル一の屋敷にて、ちゃっかりここに荷物を運んで住み着き、今や屋敷の主《あるじ》みたいな顔をしているセシリーが言ってきた。

「……アクシズ教徒ですか。あの、ちょっとだけ考えさせてください」

高そうなソファーを占領《せんりょう》し、その上でゴロゴロしているセシリーの姿は家《うち》のアクアを連想させる。

アクシズ教徒というものが皆こんな感じであるのなら、入団はちょっと遠慮《えんりょ》したいところなのだが。

「私以外はロリっ子達のみで構成されてるって書いたら、ゼスタ様が教主を辞《や》めてここに来るとか言い出してひと悶着《もんちゃく》あったみたいね。困った事があったらアクシズ教団はいつでも力になりますからね？」

「あ、ありがとうございます、そんな時があればぜひお願いします」

思わずぐったりしそうになるのは、爆裂《ばくれつ》魔法を使った後の魔力切れのせいだけではないはずだ。

セシリーと同じくソファーに深く身を沈《しず》めている私に、何かの手紙を読んでいたゆんゆんもソワソワしながら言ってくる。

「あ、あの、めぐみん？　私も最近お父さんに手紙を送ったんだけど、なんか格好良さそうだし楽しそうだから、紅魔《こうま》の里に交ざりたがってる人がたくさんいるって返事が来たんだけど……」

「…………いえ、紅魔族《こうまぞく》の皆には魔王の城の監視《かんし》という大事なお仕事がありますし、そもそも王都がピンチになった緊急《きんきゅう》事態に備えての切り札的な戦力なのですから、こんなとこに来てはダメでしょう」

　里の皆なら、戦力的には申し分ない。

　そう、魔王の城にでも乗り込むのであれば申し分ないのだが、相手はあくまで悪徳貴族。それも、私達は強盗《ごうとう》に押し入るのではなく義賊をやるのだ。

「それもそうね、仲間が増えそうだったから浮《う》かれてたわ。じゃあ困った事が起きたら協力してくださいって返事を出しておくね」

「そ、そうですね、そんな時があればぜひ……」

　私が言葉を濁《にご》す中、仲間が増える事を何よりも喜ぶ万年ぼっちが笑《え》みを浮かべる。

　やはり、想定していた当初よりも規模が大きくなりそうな予感がする。

　そう、なぜならば――

「先日お父様にお友達と正義の団体を作りましたと自慢《じまん》したら、人手が必要なら腕利《うでき》きの騎士《きし》を何人でも連れて行けと。そして、資金が必要な時はいくらでも持っていくといいと言われました！　お頭様《かしらさま》、困った事があったら私《わたくし》にもいつでも言ってくださいね！」

……うん、本当に順調だ。

でもなんだか、私が考えていた団体の規模じゃなくなってきている気がする。

2

というわけで。

「三人から入団希望者の名簿《めいぼ》を頂きましたが、ちょっと全部に目を通していられません。というかもうこれ、人数だけなら下手《へた》な騎士団や傭兵《ようへい》団より多いのですが。私達の目的は、賞金を懸《か》けられても自らの道を行く銀髪《ぎんぱつ》盗賊団を陰《かげ》ながらお助けするという話だったのに、これじゃどう考えても陰に入りきりませんよ」

しばらく休憩《きゅうけい》した事で動ける程度には魔力が回復した私は三人から貰《もら》った紙束をざっと見た。

アクシズ教徒に紅魔族《こうまぞく》、王都でも有名な騎士や凄腕冒険者《すごうでぼうけん》に至るまで。

私達の目指すのはあの人達の様な少数精鋭《せいえい》の盗賊団なのだ。

思い付きで始めた事が思った以上に大事になって腰が引けたわけではない。

そんな事をこんこんと説くと、ゆんゆんがへらっと口元をにやけさせた。

「……おい、言いたい事があるなら聞こうじゃないか」

「べつにー？　相変わらずめぐみんは、想定外の出来事に弱いなーなんて思ってないから」

人の性格を見透《みす》かしたかの様な発言をするぼっちに襲《おそ》い掛《か》かろうと身構えていると、アイリスがソワソワしながら言ってくる。

「お頭様、おっしゃる事は分かりましたがせめてあと数人は人を集めませんか？　魔法使いが二人にプリーストが一人。私は剣《けん》も魔法も使えますのでこのパーティーであれば前衛を務めますが、最低でもあと一人前衛職が欲しいです」

「モンスターを倒《たお》し冒険に行くわけではないのですから、別にバランスを取る必要はないのですよ？　というか、貴族の屋敷《やしき》への襲撃《しゅうげき》にしては既《すで》に過剰《かじょう》戦力な気すらしますし」

紅魔族《こうまぞく》のアークウィザードが二人に勇者の血を引くバランスブレイカーなお姫様《ひめさま》すらいるのだ。

もう一人はよく分からないが、万が一の際の回復要員としてそこにいてくれるだけでも十分助かる。

だがアイリスは、困った顔で。

「あのう、たまには冒険にも行きませんか？　それに私も後輩《こうはい》団員が欲しいんです。いつまでも下っ端なのはちょっと……」

「……冒険はまあ、そこのぼっちも目をキラキラさせて期待してるみたいなので考えておきましょうか。というかそんなしょうもない理由で新入りが欲しいのですか？　仕方ないですね、あなたは我が左腕に昇進《しょうしん》させてあげますので我慢《がまん》してください。ちなみにゆんゆんが右腕ですから、なんとあなたはナンバースリーですよ」

右腕や左腕と言っても給料を出しているわけでもなければ手当も付かないので言うだけならタダだ。

それに四人しかいないのでナンバースリーも何もないのだが、それを受けたアイリスは無邪気《むじゃき》に喜ぶ。

いくら強くても所詮《しょせん》はお子様。

この子は案外ゆんゆん並みにチョロいのかもしれない。

「お姉さんは!?　ねえめぐみんさん、お姉さんには何か無いの!?　お姉さんにも何か人に自慢出来そうな肩書《かたが》きをちょうだい！」

問題はアイリス以上に子供みたいなとこがあるこの大人だ。

私の肩を掴《つか》みゆさゆさと揺《ゆ》さぶるセシリーに。

「お姉さんはアクシズ教団のアクセル支部長なんでしょう？　もう十分立派な肩書きがあるじゃないですか」

「そんなのじゃないの！　私にももっとこう、右腕だの左腕だの恋人《こいびと》だの愛人だの夫だの妻だの、何でもいいから親密な役どころが欲しいの！」

「途中《とちゅう》からおかしな単語が交じってますよ！　……それじゃあ相談役とかでいいんじゃないですかね。プリーストなら懺悔《ざんげ》を聞く事もあるのでしょうし、何か困った事があったらお姉さんに相談を……。……相談……」

この人に相談……？

「どうして言葉を濁すの、困った時はいつでもお姉さんに相談して！　特に恋愛《れんあい》相談とか大得意なんだから！　ほら、今のめぐみんさんなんて思春期なんだしピンポイントでしょ？」

ワガママな大人だと思っていたらセシリーが突如《とつじょ》、激しく動揺《どうよう》を誘《さそ》う事を言ってきた。

なんというかこの人はたまに鋭《するど》いところがある。

私は動揺を面《おもて》に出さない様努めながら、

「何を言い出すんですかお姉さん、私は爆裂道《ばくれつどう》を極《きわ》めんとする者。色恋などにうつつを抜《ぬ》かしている暇《ひま》などありませんとも」

「そうですよセシリーさん、めぐみんが恋バナなんて始めたらドッペルゲンガーの成りすましを疑いますよ」

アイリスがソワソワしながら話の成り行きを見守る中、この中で一番長い付き合いのクセに節穴の目を持つゆんゆんが余計な茶々を入れてくる。

……なんというかこの子はたまに抜けているところがある。

「うーん。お姉さんの見立てだと、最近のめぐみんさんは隙《すき》があるというか人当たりが柔《やわ》らかくなったというか……。そしてたまに、これもう乙女《おとめ》の顔だよねって表情を浮かべる時があるのよね」

アクシズ教徒と侮《あなど》っていたが、このお姉さんはあながちタダの変な人でもないのかもしれない。

「ズバリ、お姉さんに恋にも似た憧《あこが》れを抱《いだ》いてしまったのね！　思春期だものね、しょうがないね。お姉さん的にはバッチこいよ！　ところで夫役はめぐみんさんが週に四日、私が三日でどうかしら。めぐみんさんはどっちかというと男役の方が向いてると思うの」

どうやら私の杞憂《きゆう》だったらしい。

恋バナというワードに興味があるのかアイリスがうずうずしながら何か言いたそうにしているが、これ以上の追及《ついきゅう》は避《さ》けたいところだ。

「いい加減話を戻《もど》しますよ！　……私達は、これでアジトと資金源を手に入れました。次は優秀《ゆうしゅう》な人材集めです。今のところウチには色物枠《わく》しかいませんからね、そろそろまともな人が欲しいところです」

「ちょっとあんた待ちなさいよ、この中で一番の色物枠がよくも言ってくれたわね。でもそろそろまともな人を入れるのは私も賛成かな？　その、こういった集まりの時以外にも一緒《いっしょ》にご飯食べに行ってくれたりする様な、優《やさ》しい人とか……」

「お頭様、前衛を！　冒険に出るための前衛冒険者を入れましょう！」

「お姉さんの情報によると、この街には若くて大金持ちな男の人が四人ほどいるらしいわよ。上流階級の金髪《きんぱつ》なイケメンなら申し分ないんだけど、私を一生甘やかしてくれそうな人なら妥協《だきょう》も辞さないわね」

どいつもこいつもなんてまとまりがないのだろう。

普段《ふだん》カズマが私達を率いている事がなんだかとても凄い事の様に思えてきた。

「いえ、良識がある盗賊《とうぞく》職の人を探しましょうよ。これは友達募集《ぼしゅう》でも冒険仲間募集でもお婿《むこ》さん募集でもないのですし、今のところ盗賊団からかけ離《はな》れた人しかいませんよ」

「お姉さんはよくエリス教徒の配給をかっさらっては泥棒《どろぼう》呼ばわりされたりするから、盗賊団向けの人材と言えなくもないいんじゃないかしら」

「プリーストから盗賊に転職したいんですか？　冒険者ギルドに連行して本当にクラスチェンジさせますよ？」

と、その時だった。

「上流階級の金髪なイケメンや人材といえば、皆《みな》さん知ってますか？　実はこの街で、隣《りん》国《ごく》の元貴族の方が冒険者をやっているという話を」

なぜか目を輝《かがや》かせたアイリスがそんな事を言い出したのは。

貴族という人達は基本的に生まれ持った能力が高い。

アイリスのような王族ほど徹底《てってい》しているわけではないが、英雄《えいゆう》や勇者と呼ばれる人達の妾《めかけ》として娘《むすめ》をつかわし、積極的にその血を取り入れているからだ。

「元貴族？　どうして落ちぶれちゃったのかは知らないけど、隠《かく》し財産の一つぐらいは持ってるかもしれないわね。お姉さんもその話に興味があります」

潜在《せんざい》能力や強さではなく、別の部分に興味を示したセシリーまでもが目を輝かせているが。

「これは、色んな国の王族や貴族の間で結構有名な話でして。隣国の下級貴族の少年が、ドラゴンナイトと呼ばれる超《ちょう》レア職業に、しかも最年少で就《つ》いたのです。その少年は素晴《すば》らしいドラゴンナイトの才を見せ、槍《やり》を使わせれば王国一、そして生まれながらにドラゴンに愛され、真面目《まじめ》で誠実で忍耐強《にんたいづよ》く人柄《ひとがら》も良いという騎士の鑑《かがみ》の様な方だったそうです。

当然ながら、若い女性の憧れの的だったらしいのですが……」

その少年は、若くしてその国の姫の護衛役を任されていたらしい。

誰《だれ》もが憧れるそんな彼に、年の近い姫が淡《あわ》い恋心を抱く様になるのも無理はなかった。

王族であるので当然許嫁《いいなずけ》もおり、そして身分の差から少年に想《おも》いを告げるわけにもいかない姫は、楽しくも辛《つら》い日々を過ごしていた。

だがその少年は、偶然《ぐうぜん》にも姫の想いを知り……。

「――その後少年は大問題になる事も承知の上で、姫をドラゴンの背に乗せ連れ去ってしまったのだそうです。国を挙げての捜索《そうさく》にもかかわらずまったく足取りは掴めなかったらしいのですが、一週間ほど経《た》った後に姫を連れて再び城に舞《ま》い戻り、少年は処刑《しょけい》こそされなかったものの、ドラゴンナイトの資格は剥奪《はくだつ》、家も取り潰《つぶ》しになったそうです」

なぜか感極まったかの様なアイリスの説明に、聞き入っていた私達は息を吐《は》く。

「つまりはお姫様を拉致《らち》ってエリート街道《かいどう》を棒に振《ふ》ったろくでなしなのですか？　お姫様を攫《さら》うのは悪い魔法使いと魔王《まおう》の仕事と決まってるのですが、人様の仕事を奪《うば》ってはいけませんよ」

「ち、違《ちが》います！　これは身分の差から決して結ばれない恋にもかかわらず、彼なりに姫

の想いに応《こた》えようとした素敵《すてき》なお話なんです！　伝え聞いたところによりますと、ドラゴンの背に乗りたいというのはお姫様の願いだったらしいのです。そして、少年の後ろに乗った姫はきっとこう言ったのではないでしょうか。『このまま一緒《いっしょ》に、遠くに行けたらいいのに……』と！」

「キャー！　何それ、すごい！　つ、つまりその人は、国の英雄としての名誉《めいよ》やエリート街道も捨てて、そのお姫様の小さな願いを叶《かな》えてあげるために……!?」

妄想《もうそう》たくましいアイリスの話を聞いて、なぜかゆんゆんまでもが興奮気味だ。

「そうです、その通りです！　その結果処分を受けたとしても、許されるはずもない夢を叶えてあげたのです！　これが貴族や王族の令嬢《れいじょう》達の間で勝手に妄想されて噂《うわさ》されている真相というやつなんです！　どうですか？　とても憧れますし格好良いと思いませんか？　悲恋というやつですが、そこがまた辛く切なくて……っ！」

今勝手に妄想されて噂されている真相と聞こえたのだが。

「イリスちゃん、つまりその人は、国を追われてこの街で冒険者《ぼうけん》をしているっていうの!?　入れよう入れよう、絶対にその人を仲間にしよう！」

勝手にどんどん盛り上がっていく二人だが、それが本当なら確かにちょっと格好良い。

いや、それが本当ならだが。

結ばれない恋というやつに、アイリスも同じお姫様《ひめさま》として思うところがあるのかもしれない。

それに友達も仲間も少ないゆんゆんにとっても、そこまでしてくれる人の存在は心動かされるものなのだろう。

「ところで、その一週間の逃避行《とうひこう》の間には一体何があったのでしょう。もしや人生が変わってしまうほどの大きな何かが？　ど、どこまでいったのでしょうか……！」

「イリスちゃんてば何を想像してるの？　そんなの……！　そ、そんなのは……っ！」

顔を赤らめながらキャーキャーと騒《さわ》ぐ二人。

……単に、思春期の二人にとって想像をかきたてるシチュエーションだっただけの様だ。

「まったく、いつまでも騒いでないでその人を捜《さが》しに行きますよ。私ですらカズマと一緒にお風呂《ふろ》に入ったり同じ布団《ふとん》で寝《ね》た経験ぐらいはあるのです。私達の今の関係ですら、何かきっかけでもあればそのまま最後まで突《つ》っ走ってしまうでしょう。その人はきっと私達よりも年上なのでしょうし、当然一線を踏《ふ》み越《こ》えていると思いますよ」

「ちょっと待って、今めぐみんから大変な事が聞こえたんだけど！」

「聞こえたのですが！」

ソファーに座り込み何かを熱く語り合っていた二人が跳《は》ね起きる様にして立ち上がる。

「大変な事も何も、私達ぐらいの年でそのぐらいの経験が無い方がおかしいでしょう。というか私の場合は一つ屋根の下に住んでいるのですから当然です。ほら、とっととその凄《すご》腕《うで》を捕《つか》まえに行きますよ？　お姉さんを見習って、もう少し落ち着きを……」

と、口に手を当てて驚愕《きょうがく》の表情を浮《う》かべる二人に、そこまで言った時だった。

「ねえめぐみん、セシリーさんてば寝てるんだけど……」

「……起こすと面倒《めんどう》なので、このまま寝かせておきましょうか」

いつもアクアの世話をしているカズマの気分が分かった気がする。

3

アクセルの街の裏路地を通り冒険者ギルドへと歩いていく。

大通りを使わないのは、今日もアイリスを捜しに例の人達がやって来るだろうからだ。

どうせ連れ戻されるにしても極力目立たない方がいいに決まってる。

「それで、その元ドラゴンナイトのエリート貴族とやらはどうやって見付ければいいのですか？」

裏路地特有のあまりひと気のない空気を感じながらアイリスへ尋《たず》ねてみた。

「そうですね……。その方は古くから続く貴族に見られる金髪だそうです。そして最年少でドラゴンナイトになったほどの実力者ですから、この街でもすぐに頭角を現したはず。後一つの特徴《とくちょう》はといえば、隣国でも凄腕の槍の使い手という事でしょうか」

金髪の男性というのはこの街でもあまり見かけない。

見かけたとしても大概《たいがい》は何かしらの貴族関係者だったりする。

なので金髪の男性冒険者というとそれこそほとんど見覚えがないのだが……。

「そ、それよりお頭様《かしらさま》？　先ほどは、お兄様と一緒にお風呂に入っただの、同じ布団で寝た事があるとの話でしたが……」

先ほどから思いつめた様な顔のアイリスがおそるおそる尋ねてくるが、

「それは言葉の通りですよ。まあどちらも、思春期の健全な男女が一年近くも同じ屋根の下で暮らしていれば、別におかしな事ではありませんよ」

「「!!」」

絶句する二人を尻目《しりめ》に、勝者の笑《え》みを浮かべながら私はなおも言葉を続ける。

「それ以外にも以前言った様に、そのうちカズマの部屋へ夜中に遊びに行く約束をしているのですが、そう簡単に一線を越えてしまってはチョロいお手軽女だと思われますからね。そこはまあ、大人としての駆《か》け引きというやつで引き延ばしてましして……」

そんな私の武勇伝に対し、二人は畏怖《いふ》の表情を浮かべるが、

「ど、どうせ本当は、怖気《おじけ》づいたりとかしちゃったんじゃないの？　後は何かの拍子《ひようし》に邪魔《じやま》が入ったとか。そもそもめぐみんの場合は、何かきっかけでもない限りそんな事にはならなそうだし。もしそういう事になるのなら、よほどショックな事でもあった時に、ヤケクソになった勢いのまま……って感じになると思う」

「うるさいですよ、男性と手も握《にぎ》った事のないぼっちに何が分かるというのですか！」

「!?」

ゆんゆんを一瞬《いつしゆん》で涙目《なみだめ》にした大人な私は、ゆんゆんとの過去の対戦成績をメモしてある紙を取り出すと一つ勝ち星を書き加える。

ゆんゆんはそれを横目で意識しながらも、平静を装《よそお》いながら呟《つぶや》いた。

「それにしても、金髪《きんぱつ》で街でも名前が知れていて、槍を使う実力者かあ……。後は、きっと礼儀正《れいぎただ》しくて真面目で誠実で紳士《しんし》でいて……。その……。き、きっと、背が高くて格好良い人……だといいなあ……」

「途中《とちゆう》から願望が交じってますよ。まあ貴族というのは美形が多いですし、話を聞くに真面目な方だったらしいですから、大体合ってる気はしますが……」

まあこれだけ特徴があるのなら、きっとすぐに見つかるだろう——

「その特徴を兼《か》ね備えている冒険者は、ちょっと聞いた事がないですね」

そう気楽に考えていた時もありました。

冒険者ギルドに着いた私達は、早速《さっそく》受付のお姉さんに聞いてみたのだが……。

「それに近い人はいませんか？　槍を使う冒険者なんてあまりいませんし、この街の冒険者は特に問題児が多いですから、きっと真面目で誠実というだけでかなり目立つはずなのですが」

「一番目立っている冒険者パーティーがめぐみんさんのいるところなんですけどね。というか、一つ二つは当てはまっても全《すべ》て当てはまる人というのが思い当たらなくて……」

困り顔のお姉さんの言葉に私達は顔を見合わせ。

「……では、そのいくつか当てはまるという方を紹介《しょうかい》していただいてもいいですか？」

こうして。

私達は、その昔隣国《りんごく》でも名を馳《は》せたドラゴンナイトを捜すため、該当《がいとう》者の下《もと》へ案内された――

「――今までの人生においてなんら人に恥《は》じる事はした覚えがないし誠実に生きてきた自

信はある。そして腕に覚えもあれば、昔はそれなりに名前も知られたものだが……。自分の様な現役《げんえき》を退いた老人に何か用かね？」

最初に紹介されたのはお爺《じい》さんだった。

「えっと、お爺さんの武勇伝などを聞きたいなとか思ったり思わなかったりしました。ほらイリスにゆんゆん、出番ですよ。イリスは冒険者に憧《あこが》れているぐらいだから冒険話は好きでしょう？　あとゆんゆんもいくらでもお話ししてきていいですよ。人と話が出来るだなんて嬉《うれ》しいでしょう」

「お爺さん、ぜひお若い頃《ころ》の冒険話を聞かせてください！」

「ええっ!?　そりゃあ私としては人と話せるだけでもすごく嬉しいけど、そもそも捜してる人には年齢的《ねんれいてき》にまったく該当しないよね!?」

紹介された真面目《まじめ》そうなお爺さんはとりあえず二人に押し付け。

「――確かに俺はそれなりに名前は売れてるし腕も立つ方だと思うが、槍《やり》なんて握った事もねえや。おっと、別の槍なら毎晩握ってるけどな！　なんつって、ガハハハハ！」

次に紹介された、初対面にもかかわらずいきなり最低の下ネタを飛ばしてきた冒険者の顔に拳《こぶし》を埋《う》め。

「――確かに槍は大の得意だし、この競技をやっている人達の間では僕の名前を知らない人なんていないだろうけど……。それにしても珍《めずら》しいね、女の子が槍投げなんてスポーツに興味を示すだなんて」

もはや冒険者ですらない人まで紹介され。

そして――

「おっ？　どうした、爆裂娘《ばくれつむすめ》じゃねーか。俺に一体何の用だ？　金の相談なら乗れねーぞ、なにせこれ以上俺に貸してくれるとこは無いからな。もう酒を飲む金すら無いんだよ、万が一俺が大金手に入れたら倍にして返すから、むしろ金貸してくれよ」

条件に該当するのはこれで最後だと紹介されたのは、ダストという名の金髪のチンピラだった。

冒険者ギルドの隅《すみ》で、金が無いといいながらも昼間から仕事もせずにだらけるダスト。

私はコレを紹介してきた受付のお姉さんをぐいぐいと引っ張っていくと。

「すいません、アレだけは絶対に違《ちが》うと思います。私達が捜しているのは、若くて金髪でイケメンで実力者でもあり、それなりに名前が売れてて真面目で誠実で忍耐強《にんたいづよ》く、それでいて紳士な槍使いです。アレはもはや、髪色《かみいろ》が金髪なところしか合ってないじゃないですか。しかもその金髪にしたって何だか色がくすんでますし」

「そんな素敵《すてき》な方がいるのなら私の方こそ紹介して欲しいんですけど……。まあなんにせよ、これ以上その特徴に該当する冒険者はいないですよ。そもそもこの街で金髪の冒険者といえば、ラティーナさんとダストさんの二人だけですし……。一応その、彼は飲んだくれてばかりですが意外と実力もあれば、名前も売れてはおりまして……」

「名前が売れてると言っても悪名じゃないですか！　新米冒険者の人達に、アレに近付かない様にしろとあなたが声を掛《か》けていたところを見ましたよ！」

コレに行きつくまでの人達も酷《ひど》かったが、最後に大ハズレを引かされた気分だ。

『なんだよぉ！　俺とゆんゆんの仲じゃねーか、酒ぐらい奢《おご》ってくれよお！』

『あなたは友人じゃなくただの知り合いじゃないですか！　周りの人の私を見る目が今よりさらに悪くなるからやめて！』

私が受付のお姉さんと話しこんでいる間にいつの間にかゆんゆんが捕まっている。

私は、未《いま》だにお爺さんの冒険話を聞いていたアイリスにこいこいと手招きすると、

「イリス、聞いてください。この街にいる金髪の男性冒険《ぼうけん》者というのはアレしかいないそ

うです」

「今ちょうど、一撃熊《いちげきぐま》に槍を折られたお爺さんが素手《すで》の力に覚醒《かくせい》し、意を決して殴《なぐ》り掛かろうとする良いところだったのですが……。とりあえず、金髪の方はあの人しかいないのであれば、まずはお話を伺《うかが》ってみましょうか？」

戻《もど》ってきたアイリスがまずは探《さぐ》りを入れようと提案する。

「いえ、あの人だけは絶対に無いと断言出来ます。アレはちょっと私達が目を離《はな》せばすぐにカズマを悪い遊びに誘《さそ》う、いわゆる悪友というヤツなのです」

私は未だゆんゆんに絡《から》んでいるチンピラを見ながら力説する。

というか大人しいゆんゆんがああまで堂々と文句を言うとは、あのチンピラと一体何があったのだろう。

ここのところゆんゆんがおかしな人達と一緒《いっしょ》にいるという噂《うわさ》をよく耳にするが、ひょっとしてアレと関《かか》わりがあるのだろうか。

今まではあまり構ってあげられなかったが、おかしな男に捕まる前にもうちょっと気に掛けてあげた方がいいかもしれない。

「思い出しました！　私《わたくし》もあのお兄さんを見た事があります。以前この街に来た時に、通りすがりのお姉さんに突然《とつぜん》ぶつかり、足が折れただの何だのと言っていた人です。慰謝《いしゃ》料《りょう》として飯の一つも奢ってくれよと脅《おど》していたので、クレアをけしかけて懲《こ》らしめた覚えが……」

あの男は本当に何をしているのだろう。

とうとうプライドすらも捨てたのか、見ればダストは酒代欲しさからか、ゆんゆんの足下に土下座していた。

ゆんゆんはといえば恥ずかしそうに慌《あわ》てふためき、財布《さいふ》から金を取り出している。

公衆の面前で奢ってくれと土下座をするのは、これもある意味脅迫《きょうはく》の様なものに思える。

年下の女の子に酒代をたかり、公衆の面前で土下座する元ドラゴンナイト……。

「……うん、さすがにこれは無いですね。となると、もう他《ほか》の街に行ってしまったのでしょう。そもそも名前も分からないのではどうしようもありませんね。もう諦《あきら》めて、今日はアジトで遊んで帰りましょうか」

「お頭様《かしらさま》、こういった時の情報収集こそいかにも盗賊《とうぞく》のお仕事だと思うのですが。私達は盗賊団を名乗って良いものなのでしょうか……」

アイリスが痛いとこを突《つ》いてくるが、今はそんな事を言っているわけにも……。

……ん？

「イリス、今とても良い事を言いましたよ！　そうです、私達は盗賊団です。私達が捜《さが》すべきは優秀《ゆうしゅう》な盗賊ですよ！」

「い、今さらそんな事言われても。それを言ったら魔法使《まほうつか》いのめぐみんさんが盗賊団のお頭という時点でもう……」

「うるさいですよ、今はその事はどうでもいいのです！　ちょうどいいところに優秀そうな盗賊を見付けました！　ほらイリス、行きますよ！」

戸惑《とまど》うアイリスを引き連れて、私はギルド内で久しぶりに見かけたその人の下へと駆け寄っていった。

4

「良いところで会いました。クリス、お久しぶりです。突然ですが、盗賊団を結成したので入団してください」

「ぶばっ！」

挨拶《あいさつ》もそこそこに勧誘《かんゆう》すると、クリスは飲んでいた牛乳を盛大に噴出《ふんしゅつ》した。

「何してるんですか、若い娘が公衆の面前で牛乳噴《ふ》き出さないでくださいよ」

「けへっ、けほっ……！　何してるんですかも何もないよ！　めぐみんがいきなりとんでもない事言い出したからでしょ!?」

女神《めがみ》エリス感謝祭以来ここしばらくはクリスの姿を見かけなかったのだが、一仕事を終えた後の様な満足気な表情で一人休憩《きゅうけい》していたのだ。

それを見かけてこうして声を掛けたのだが……。

「とんでもない事と言われても、クリスは盗賊なのですから盗賊団に所属していてもなんらおかしくはないでしょう?」

「そそそ、そうだけど! そうなんだけど! ていうか盗賊団って何さ!? めぐみんってひょっとして、実はあたしの正体に気付いててからかってるの!?」

よく分からない事を言い出したクリスに疑問を浮《う》かべていると、アイリスが追い付いてきた。

アイリスにクリスとの間柄《あいだがら》をかいつまんで説明する。

だがクリスとは初対面のはずのアイリスが、なぜか小首を傾《かし》げていた。

「あの、クリスさんとおっしゃいましたか? 失礼ですが、私とどこかでお会いした事はありませんか?」

突然そんな事を言い出したアイリスに、同じくクリスも首を傾げ……、

「キミ、イリスって言ったっけ? さっきからあたしも、何だかキミに見覚えが……って、

あああっ!?」

これは王族であるアイリスの顔を知ってる感じだ。

それもそうだ、イリスなんて微妙《びみょう》な偽名《ぎめい》を使い顔もほとんど隠《かく》していないのだ。

王族ともなれば顔写真ぐらいは普通《ふつう》に出回っているのだろう。

「さすが情報通の盗賊なだけあってイリスの正体を知っている様ですが、これはお忍《しの》びなのです。騒《さわ》ぎになっては困るので、どうか……？」

王族だと気付いて驚《おどろ》いたのかと思ったが、クリスの様子が何だかおかしい。

「そ、そうなんだ！　まああたしは盗賊だからね!?　このクリスさんぐらいにもなれば、一目見ただけでどこの誰《だれ》かはすぐ分かるさ！　まあお忍びなら仕方ないね、そ、それじゃあ、野暮《やぼ》用があるからあたしはこれで……」

わけの分からない事を言ってどこかに行こうとするクリスをすかさず捕《つか》まえ、

「どこへ行こうというのですか。そんな情報通のクリスにお願いがあるのですよ」

「な、何かな？　あたしは清く正しいやましい事なんてなにも無い正義の盗賊だけど、力になれる事なんてあんまりないよ？」

と、腕《うで》を摑《つか》まれたクリスはアイリスをチラチラ見ては挙動不審《ふしん》な様子を見せた。

「別にクリスをどうこうしようというわけではありませんよ。先ほども言いましたが、盗賊団を作ってみたのですが優秀な人が集まらないのです。騎士《きし》やアークウィザードやプリーストならすごくたくさん集まりそうなのですが、盗賊団だというのに、肝心《かんじん》の盗賊が一人もおらず……」

「騎士やアークウィザードやプリーストなら集まるの？　ねえ、それって別に盗賊団なんてやんないで素直《すなお》に傭兵《ようへい》団とかやった方が儲《もう》からないかなあ？　ていうか、そっちの方が集めるのに苦労しそうな人達なんだけど……」

複雑そうな表情を浮かべるクリスに向けて、やはりアイリスが訝《いぶか》し気にしている。

「戦力的には申し分ないのですがね。肝心の盗賊がいないので、クリスに入団をお願いしたいのです。それと、実は今人捜しをしてまして。その人を捜すのも頼《たの》みたいのですよ」

「盗賊団かあ……。いや、あたしもそういうのに憧《あこが》れて色々始めた身でもあるから、まあ気持ちは分かるんだけどね？」

意外と好感触《こうかんしょく》なクリスに向けて、

「話が分かるじゃないですか。実は私達も、とある有名な盗賊団に憧れてこの様な団体を結成しまして。……ところで、銀髪《ぎんぱつ》盗賊団という人達を知ってますか？」

「うん、知ってるよ。多分誰よりもよく知ってるかな」

さすがはクリス、盗賊なだけはある情報網《じょうほうもう》だ。

私は身を屈《かが》めて声を潜《ひそ》め、

「実はここだけの話なのですが、ここにいるのはその銀髪盗賊団に憧れた者ばかりなのですよ。かの銀髪盗賊団の行いに感化された私達は、彼らに内緒《ないしょ》で陰《かげ》からこっそり援護《えんご》しさささやかなお手伝いをしようという、言ってみればファンクラブの発展形みたいな集団なのです」

「そっかー、それをあたしに言っちゃうのかー。……ねえめぐみん、一応聞くけどあたしをからかってるわけじゃないんだよね？」

なぜか悟《さと》りを開いた様な遠い目をしているクリスに向けて、

「何を言うのですか、私達は本気ですとも！　ああ、賞金が懸《か》かった犯罪者を援護するというのが冗談《じょうだん》に聞こえましたか？　ここだけの話ですが、実は彼らに賞金が懸けられているのにも訳があるのです」

「ああうん、大丈夫《だいじょうぶ》、それも知ってるから大丈夫だよ。つまりは銀髪盗賊団を援護するために勝手に作られた下部組織みたいな感じなのかな？　で、あたしにそこに入ってほしいと」

「そういう事です。お願いします、なんなら仮団員という事でも構いませんので。まあその場合だと、まずは下っ端《ぱ》からという事になりますが」

私の言葉に、クリスは困惑《こんわく》と疑いの混じった味のある表情を浮かべ。

「し、下っ端……。あたしが、銀髪盗賊団の下部組織の下っ端なのか……。いやまあ、付き合うのはいいんだけどね？　ていうかめぐみん、何度も聞くけど何もかも全部分かっていてあたしをからかってるわけじゃないんだよね？」

「……先ほどからどうしてそこまで疑心暗鬼《ぎしんあんき》なのですか？」

「女神エリス感謝祭の時には、なぜかあたしがアクシズ教団の屋台を手伝わされた事といい、今回といい、あたしって運が良いはずなのにどうしてこんな面白《おもしろ》い状況《じょうきょう》になるんだろうって思ってね……」

5

ほとんど流されるままといった感じで入団が決まったクリスに、例のドラゴンナイトの事を話してみた。

「その元ドラゴンナイトは金髪だっていうのなら、あそこにいる人じゃないの？」

そう言ってクリスが指さしたのはもちろんダスト。

向こうでは、酒の一杯《いっぱい》ぐらいではまだゆんゆんを放す気は無いのか、何やら人付き合いについての講座を始めていた。

さすがのゆんゆんもあの男に人との付き合い方などを説かれれば殴《なぐ》り掛《か》かるだろうと思ったのだが、興味深げにふんふんと頷《うなず》きながらメモを取っている。

「アレは違《ちが》いますよ。情報通のクリスといえども分からない事があるのですね」

「ええっ!?　で、でも、捜してる人って金髪なんだよね？　この街で金髪の冒険《ぼうけん》者なんていったら、彼とダクネスぐらいだと思うんだけど」

その疑問は既《すで》に色んな人が通った場所だ。

「捜し人とあのチンピラが該当《がいとう》する箇所《かしょ》は金髪のみです。まったく、クリスときたらどんな節穴な目をしているのですか」

「そ、そうかなあ!?　節穴な目だとか、この状況のめぐみんにだけは言われたくない気がするよ！」

私にだけは言われたくないとはどういう事だと聞きたかったが、ふと気づく。

「……さっきからやけに大人しいと思ったのですが、どうしたのですか？」

「いえ、確かにクリスさんとはどこかでお会いした気がするのですが、それがどこだったか思い出せず……」

「思い出す必要なんてないと思うよ！　そもそもあたし、イリスと会った記憶《きおく》もないから間違いなく初対面だよ！」

先ほどからクリスがやけに騒がしいのだが。

「それよりさっき言ってた捜し人の事だけど。あたしの勘《かん》だと絶対あの金髪の人だと思うんだよね。腰《こし》に剣《けん》なんて下げてるけど、足運びやさりげない間合いの取り方なんかが槍《やり》を使う人のものに思えるんだよ。しかも私の見立てではかなりの達人と見たね」

クリスは急に真面目《まじめ》な表情を浮かべ、今度はゆんゆんの前で立ち上がって何やら妙《みょう》な事を始めたダストに視線を送った。

『良く見とけ、これが初対面の相手にも舐《な》められない歩き方だ。お前はあまりのダチ欲しさのせいで卑屈《ひくつ》になる部分があるからな。冒険者が舐められたらそこで終わりだ。犬猫《いぬねこ》でもそうだが、初対面の時は、まずどっちが上かを決めるんだ！』

私達の視線の先ではダストが肩《かた》をいからせ身を揺《ゆ》らしながら、よたよたと酔《よ》っ払《ぱら》いみたいな動きを始める。

そんなダストの仲間だと思われているゆんゆんが、好奇《こうき》の視線を浴びながら恥《は》ずかしそうに身を小さくしていた。

「……なるほど、アレが槍の達人の足運びですか。クリスの観察眼も中々のものですね」

「あの人、どうしてこのタイミングであんな妙な事をするかな！」


——その後も妙な動きを見せ周囲の注目をひとしきり集めたダストは、それがいつもの事の様にゆんゆんを連れてギルドを出た。

ゆんゆんが助けて欲しそうに何度もこちらに視線を送るが、捜《さが》し人はこの男に間違いないとのクリスの言葉を受けて、このままゆんゆんにはダストに付き合ってもらい、二人の尾行《びこう》をする事になった。

そのまま行けというサインを送るとゆんゆんは観念したかの様に付いて行く。

「クリスがああまで言うのであればこうしてあの子を生贄《いけにえ》に使うのもやぶさかではありませんが、私は人違いだと思うのです」

「あたしの勘では彼の行動は擬態《ぎたい》と見たね。きっと何かの事情があってバカのフリをしてるんだよ」

どうしてそこまでアレを只者《ただもの》ではない達人だという事にしたいのか分からないが、クリスの中ではかなりの使い手だと認識《にんしき》されている様だ。

私の勘ではフリではなく単なる本物のバカだと思うのだが。

こないだも、カズマを遊びに誘《さそ》いに我が家にやってきた際、家でゴロゴロしていたアクアと共に、なぜエリス教徒は胸が小さい人が多いのかという罰当《ばちあ》たりな話を真面目な顔で考察して盛り上がっていたし。

……と、

「私《わたくし》の見立てでも、どことなくぎこちない歩き方に見えますね。長年体に染《し》み付いた動きを捨てて、無理やり新しいやり方に変えた様な……。というかあの方からは、どことなく強者の気配を感じるんです」

クリスだけならともかく、戦う事に関しては定評のあるアイリスまでもがそんな事を言い出した。

まさか本当にあの男が？

一方私達の前方では、一体どこに向かう気なのかダストに連れられていたゆんゆんが口を開く。

『ダストさん、何だか今日は歩き方がぎこちなくありませんか？　ひょこひょこしてるというか、足に怪我《けが》でもしている様な……』

『おっ、分かるか？　いやな、ちょっと染みるだけで別に怪我してるわけじゃないんだがよ。こないだキースってダチに聞いたんだが、その、なんだ。成長期を過ぎた後も、アレを大きくする方法ってのを教わって試《ため》してみてな。っていうのも、刻んだ生姜《しょうが》と生にんにくとわさびを使うんだが……。おいなんだよその目は、今のはいつもみたいなセクハラじゃないから魔法《まほう》を唱えるのはやめてくれ』

年端《としは》もいかない女の子に最低の発言をしながらダストの言葉はなおも続く。

『女だって胸を大きくするためには牛乳飲んだりマッサージしたりと色々やるだろ？　男の子はいつだってでっかくなりたいって夢があるんだよ。お前にだって夢があるだろ？　ダチが欲しいってお前の夢と、でっかい男になりたいって俺の夢。どっちも素敵《すてき》な夢じゃないか？』

——長い間友達が欲しいと切に願い続けてきた少女の夢と、大きな男になりたいとの男の夢。

子供の頃《ころ》からの夢を穢《けが》さないでと叫《さけ》びながらダストと摑《つか》み合いの喧嘩《けんか》を始めたゆんゆんを見守りながら。

「二人の見立ては凄《すご》いですね。あのぎこちない歩き方の理由は聞いた通りらしいですよ」

そんな私の言葉を受けて、自信満々に解説していた二人は赤くなった顔を両手で覆《おお》い隠《かく》した。

「ゆんゆんも怒《おこ》って帰っちゃいましたし、この尾行は意味があるのでしょうか。あの男をつけるというのは人として凄くダメ人間になった気分になるのですが」

子供の頃からのピュアな夢と最低な夢を同列視されたゆんゆんが泣いて帰った後。

私達は半ば意地になったクリスを先頭に、なおも尾行を続けていた。

「あたしの勘ではあの人には絶対に何かあるはずなんだよ。こう見えて、あたしって人を見る目はあるんだよね。その人の本質を見抜《みぬ》けるっていうか。……まあ、今は仮っていうか、本調子の体じゃないからハッキリとは断言出来ないんだけども」

本調子じゃないというのはどういう事なのかよく分からないが、人を見る目があるという割に、熱心なエリス教徒であるクリスは、エリス感謝祭の打ち上げの際バニルやウィズを見かけても気にもしなかった様な。

「ひとつ聞きたいのですが、クリスはアンデッドや悪魔の事をどう思いますか？」

「滅《ほろ》んじゃえばいいかなと思うよ」

即答《そくとう》だった。

6

「それが、たとえばどうしても叶《かな》えたい想《おも》いがあって仕方なくアンデッドになった人だとか、基本的には人をおちょくるのが大好きだけど、話してみると意外と悪いやつでもなさそうな悪魔でも……」

「一部の例外もなく滅んじゃえばいいかなと思うよ」

なんという典型的なエリス教徒。

取りつく島もないとはこの事だろう。

多分バニルの事もちょっと変わった人程度にしか思っていないのだろうが、これでクリスの目がいかに節穴なのかがよく分かった。

と、突然《とつぜん》の私の質問にクリスが不思議そうな顔をする中、

「あっ、二人ともアレを見てください！」

アイリスの呼びかけにそちらを見ると、ダストはカラスに散らかされたゴミ捨て場の前で辺りに人がいない事を確認していた。

「なんだ、やっぱり真面目な人じゃない。ほらほら、人知れずああやって善行を積んでるんだよ。わざわざ辺りをキョロキョロして誰《だれ》もいないのを確認した後で、ああしてゴミ捨て場の掃除《そうじ》を始めるだなんて普通《ふつう》の人でもなかなか出来ない事だよ。どんどん条件に当てはまってきたね！」

……いや。

「なるほど、ああして分別をされていないゴミを選《よ》り分けているんですね。私、あの方を誤解してました！　以前道行く女性に絡《から》んでいたのも、きっと事情があっての事で……！」

二人は盛大な誤解をしているが、アレはゴミを漁《あさ》って売れる物と売れない物を選り分けているのだ。

その証拠《しょうこ》に、お金になりそうな物を見付けると顔を綻《ほころ》ばせて喜んでいる。

「ほらめぐみん、あたしの見る目も捨てたもんじゃないでしょう？」

やっぱりアクア並みの節穴だと思う。

「見てください、分別だけじゃなく散らかっていたゴミまで綺麗《きれい》にかたづけてます。話に聞いた元ドラゴンナイトの方の性格も、真面目で誠実で忍耐強《にんたいづよ》い方だそうですし……」

ゴミ事情に疎《うと》いアイリスも変な勘違《かんちが》いをしている様だが、ゴミを散らかしたままだと今後ゴミ漁りをさせてもらえなくなるからだと思う。

金目の物を手に入れてホクホク顔のダストはゴミ捨て場を綺麗に掃除すると、手にした物を持って早速《さっそく》近くの金物屋に向かった。

「アレは先ほど拾った物ですよね？　ゴミ捨て場に置かれていた物とはいえ、拾得《しゅうとく》物をお金に換《か》えても良いのでしょうか？」

アイリスの疑問の声に、クリスが答える。

「ま、まあ捨てられていた物だしね。そのままゴミにするよりは、ああして再利用した方が世の中のためにはなるんじゃないかな……」

そんな二人の言葉をよそに。

「買い取り金額に納得《なっとく》がいかないのか喧嘩を始めた様ですね。……あっ、結局安く買い叩《たた》かれたのか、腹いせにゴミ箱蹴《け》っ飛ばして散らかしていきました！」

「「…………」」

先ほどまでドヤ顔でダストを褒《ほ》めていた二人はまたしても赤くなった顔を覆い隠した。


——その後も懲《こ》りもせずに尾行は続く。


「ほらめぐみんあれ見て、よそ者の冒険《ぼうけん》者に絡まれた女の人を助けてる！　今度こそは善行を……！」

「……助けたお礼に付き合えよと今度はあの男も絡み始めましたよ」

女性に絡んでいたところを警察に注意されて逃《に》げ出し。

「……おや、ダストが財布《さいふ》を落としましたね」

「本当ですね。尾行《びこう》どころではありません、拾ってあの方に届けて差し上げなくては……って、後ろを歩いていた人が拾って渡《わた》してくれましたね、良かったです！」

「って、ああっ!?　俺の財布にはもっと入ってたはずだ、お前抜《ぬ》いたろとか絡み始めたよ！」

　ワザと財布を落としてそれを拾ってくれたお兄さんに絡み、また警察に注意されて逃げ出し。

「チャンスだ！　街の空き地で新米冒険者が槍《やり》の練習してるよ！　凄腕《すごうで》槍使いならきっと反応ぐらいは見せるはず……！」

「……一切《いっさい》興味を示す事もなく、鼻をほじりながら通り過ぎてしまいましたね」

「……それどころか、先ほど自分に注意をしていた警察の人に、街中で武器を振《ふ》り回してる冒険者がいるがあいつには注意しなくていいのかと絡んでますね」

　そんな感じで、ダストはろくでなしの本領をこれでもかというぐらいに発揮しまくった。

　その後もこの街一番の要注意人物の悪名に恥《は》じないダメっぷりを存分に見せた後、やがて最後に行きついたのは――

「――で、他《ほか》の冒険者連中を危険から守るため囮《おとり》になろうと、果敢《かかん》にもクーロンズヒュドラの前に飛び出し殺された俺は女神《めがみ》エリスの下《もと》に送られたのさ。実際に目にする女神エリスは、それはもう神々《こうごう》しかったぜ」

「おお……！　私もエリス様にお会いしたいが天寿《てんじゅ》をまっとうしてはそれも叶いません。かといってワザと危険な場所に出向き命を粗末《そまつ》にするのもエリス様の意志に反するでしょう。ああ、エリス様にお会い出来ただなんて何と羨《うらや》ましい……！」

街中をうろつき、人様に散々迷惑《めいわく》をかけまくったダストは再び冒険者ギルドに戻《もど》り、エリス教徒とおぼしきプリーストのお爺《じい》さんを捕《つか》まえ胡散臭《うさんくさ》い武勇伝を語っていた。

確か、モンスターに殺されるなどの寿命《じゅみょう》以外の不運に見舞《みま》われた者の魂《たましい》は女神エリスの下に送られる。

なので、一度クーロンズヒュドラというモンスターに殺されたダストが、女神エリスと面識があってもおかしくはないのだが……。

「そして女神エリスはこう言ったのさ。『あなたはここで死ぬ定めではありません。やがてあなたは魔王を倒《たお》す勇者を手助けする運命にあります。さあ、再び現世へと舞い戻り、この世界を救うべき勇者を助けなさい。そして願わくば、この世に光をもたらさん事を……』ってな」

「なんと、エリス様がその様な事を！　あなたは大変な運命を背負っているのですな！　何か私に協力出来る事があるのでしたら、どんな事でもおっしゃっていただきたい！」

本当にそんな事を言われたのかはとても疑わしいのだが、素直《すなお》に感動しているプリーストを見て、隣《となり》のクリスがなぜかプルプルしている。

敬虔《けいけん》なエリス教徒のクリスも、女神エリスに会った事のあるあの男が羨ましいのだろうか。

その言葉を受けたダストは、女神エリスの話を聞かせる代わりに奢《おご》って貰《もら》ったと思われる酒を一気に飲み干し、人の好《よ》さそうなプリーストに向けて笑《え》みを浮《う》かべ……。

「おっ、そうかい？　実は、俺も世界を救うために勇者と共に戦いたいとこなんだが、いかんせん金が無くてなあ……。どこかに世界平和のため、俺のパトロンになってくれる敬虔なエリス教徒はいないものかと思ってたんだが……」

「ちょっとキミ何言ってんのさあああああああ！」

クリスがダストに摑《つか》みかかった。

「ったく、あとちょっとってとこだったのにどうしてくれんだよ。お前アレだろ？　カズマに初対面でパンツ剝《む》かれて泣いて帰った盗賊《とうぞく》だろ」

「なな、泣いてないよ！　アレは事故みたいなものだし！」

冒険者ギルドの隅《すみ》っこで、私達はダストに食事を奢っていた。

突然激昂《げっこう》したクリスがダストに摑みかかり、商売を邪魔《じゃま》されたと言いがかりをつけられたクリスがなぜか逆に怒《おこ》られ奢らされているのだが……。

「お頭様《かしらさま》、お兄様がクリスさんのパンツを脱《ぬ》がしたというのは本当ですか？　先ほどはお頭様と一緒《いっしょ》にお風呂《ふろ》に入ったとも言ってましたし、お兄様は日頃《ひごろ》何をなさっているのですか？」

「あの男にとってはそんな事は平常運転ですよ。こないだだって屋敷《やしき》のトイレの個室の中で、ダクネスの下着を下ろそうとしてましたし」

「一体何がどうなればそんな状況《じょうきょう》になるのですか⁉」

今までカズマがやらかしたセクハラの数々をアイリスに吹《ふ》き込んでいると、クリスの奢

りだという事で遠慮《えんりょ》なく注文しまくったダストが、

「そういえば、今日は皆《みんな》で俺の後をつけてたみたいだが何だったんだ？　ひょっとして俺のファンか？」

「キミのファンなんて奇特《きとく》な人がいるわけないじゃん。……というか、あたし達の気配に気付いてたの？　潜伏《せんぷく》スキルは使わなかったとはいえ、やっぱりあたしの予想通り、キミって只者《ただもの》じゃないんだね」

まだダストが元貴族でエリートだったという話が諦《あきら》められないのか、クリスが挑発的《ちょうはってき》にカマをかける。

「いや、ただでさえ目立つお前らが、あれだけ大声で騒《さわ》いでれば誰でも気付くだろ」

「ま、まあそれはどうでもいいよ。それよりキミ、女神エリスに会ったからって嘘《うそ》を吹《ふ》聴《ちょう》するのは良くないね！　罰《ばち》が当たってもしらないからね！」

普段《ふだん》は温厚《おんこう》なイメージのクリスが、これほどまでに敬虔なエリス教徒だったとは。

ダストはクリスの怒《いか》りを受けながら、涼《すず》しい顔で。

「おいおい、俺が嘘を言ってるだなんてどうしてお前に分かるんだよ。女神エリスに会った事なんてないだろ？　そりゃそうだよな、だって死ななきゃ会えないんだし」

「それは……。だ、だって、女神エリスがそんな予言染《じ》みた事を言うわけが……」

旗色が悪くなった事を感じ取ったクリスが気まずそうに目を逸《そ》らす。

すると、好奇心《こうきしん》を抑《おさ》えきれなくなったのか、アイリスが身を乗り出し。

「エリス様はどんな方だったのですか？　絵姿通りのお姿でしたか？」

「おっ、何だお前見ない顔だな。女神エリスはアクシズ教団の噂《うわさ》の通り、盛ってたな。アレは間違いなくパッド……って、あああああああ!?」

罰当たりな事を言い出したダストがアイリスの顔を見て声を上げる。

「ちょっと待って、パッドパッドってその話は広めちゃダメだよ！」

「うるせーよ、女神の乳パッドの話なんざ今はどうだっていい！　おいお前、俺がナンパしてた時に気の短い金髪《きんぱつ》の護衛をけしかけやがった、バニルの旦那《だんな》と一緒にいたガキだろ！　今日はあのおっかねえ護衛はいないんだろうな!?」

「ええと、クレアの事なら今のところはおりませんよ？」

そういえばさっき、アイリスがそんな事を言ってたような。

「ちょっと、乳パッドとか言うのは本当に止《や》めて！　それよりも、女神エリスとの会話をでっちあげちゃダメだよ、本当に罰が当たるからね!?」

バンとテーブルを叩くクリスに、ダストは面白《おもしろ》そうにニヤニヤすると、

「だから、俺が嘘言った証拠なんてあるのかよ。あれだ、初対面だったが女神エリスは間

違いなく俺に惚《ほ》れてたな。俺を見る時のあの目は間違いない」

「違《ちが》うよ、あんなバカな死に方したからかわいそうな人を見る目で見てたんだよ！」

「まるで自分が見てきたみたいに失礼な事言ってんじゃねーぞ、勇敢《ゆうかん》にもクーロンズヒュドラに突《つ》っ込んでった俺に謝れや！」

「手柄《てがら》を独り占《じ》めしようとしてパクッといかれただけじゃんか！」

どうにも言い合いが収まらない二人だが、ダストの注文の料理が届いた事で一時中断した様だ。

「……で？　話は戻るが、何で俺を尾行なんてしてたんだよ？」

「実は私達は、とある目的により盗賊団を作ってみたのですよ。それでこの街に金髪のイケメン凄腕冒険者がいるという噂を聞き、その人をスカウトしようと思いまして。受付のお姉さんにそんな人がいるかと尋《たず》ねたら、金髪の冒険者なんてあなたしかいないと言われ、それであなたの実力を測ろうかと……」

モリモリと食事を頬張《ほおば》っていたダストはそれをゴクリと飲み込むと、こちらに行儀《ぎょうぎ》悪くフォークを向けながら、

「イケメンの凄腕冒険者だあ？　ったく、どいつもこいつもやっぱ顔かよ。お前さん達がイケメン冒険者を逆ナンしようとしてたって、後でカズマにチクっといてやるからな」

「ち、違いますよ、逆ナンではありませんから！　それに私としてはイケメン要素は無くても構いません、そういった噂があるだけですよ！」

なぜか慌《あわ》てて言いわけをしてしまったが、ダストは胡散臭そうにこちらを眺《なが》め。

「その、捜《さが》してる野郎《やろう》はどんなヤツよ？　パンツ盗《と》られ盗賊には見付けられなかったみたいだが、こう見えても俺はこの街の冒険者《ぼうけんしゃ》には詳《くわ》しいんだ。髪《かみ》の色なんていくらでも染められるからな。どんな性格のヤツかちょっと言ってみ？」

「金髪でイケメンで凄腕《すごうで》の、真面目《まじめ》で誠実で忍耐強《にんたいづよ》い方だそうです。若い女性達の憧《あこが》れの男性だったらしいですよ」

「…………そんなやつ、本当にこの世に存在するのか？」

いよいよ胡散臭いものを見る目になったダストだが、

「それに近いヤツって言えば、ミツ……なんとか言う変な兄ちゃんぐらいか？　でもあいつ、忍耐強いかな？　俺があいつの連れの姉ちゃんのケツ触《さわ》ったぐらいでめちゃくちゃ怒ってたし」

本当に尋ねる相手を間違えた。

と、それまでジッと聞いていたアイリスが、

「あの、一つ尋ねたい事があるのですが、いいですか？」

「あん？　何だよちびっ子、一応彼女とかはいないが俺はカズマと違ってロリコンの気はないからな？」

「お兄様をロリコン呼ばわりしないでください！　いえ、そうではなくてですね……。あの、あなたは槍《やり》を使ったりしないのですか？」

槍という単語を聞いたダストは眉《まゆ》をピクリと動かすと、何だか気まずそうに頭を掻《か》き、

「俺は……」

「イリス様ああああああああああああああ！」

何かを言い掛《か》けたところでギルド内に響《ひび》く絶叫《ぜっきょう》に中断される。

声の主は誰《だれ》あろうアイリスの護衛であるクレアだった。

「ああっ!?　お前は、以前俺にいきなり斬《き》りかかってきたおかしな女じゃねえか！」

「ああっ!?　あの時の不埒《ふらち》なナンパ男か！　貴様、よりにもよって今度はイリス様にその毒牙《どくが》を……！」

「嘘吐《うそつ》き！　おいちびっ子、お前さっきはあの女はいないって言ったじゃねえかよ！」

「そ、そんな事を言われても……」

クレアに怯《おび》えたダストは、アイリスに文句を付けながらもギルドから逃《に》げて行った。

——クリスと共にアイリスを見送り、すっかり遅《おそ》くなってしまったので解散する事にしたのだが。

「結局噂のドラゴンナイトはいませんでしたね。まあその代わり、クリスが入ってくれたので良いのですが」

「そんな凄腕の冒険者が駆《か》け出しの街に留《とど》まっている理由もないしねえ。でもまあ、あのダストって人は違ったみたいだね。あたし、人を見る目はあるつもりだったんだけどなあ」

この街にいながらあれだけ目立つバニルやウィズの正体に気付いていない時点で、やはりその目は節穴だと思う。

「でも、そのドラゴンナイトの人はどうしてお姫様《ひめさま》を攫《さら》ったんだろうね？　イリスちゃんが言う話の通りなら素敵《すてき》なのかもしれないけれど、何か事情があったんだろうねえ」

「まあ、誰もが秘密の一つや二つは持っているものですからね。私だって、カズマにすら見せた事のないものがありますから」

我々紅魔族《こうまぞく》は生まれながらに、それぞれ体の一部の違った場所に、ナンバーと印が刻まれている。

私の場合はまあちょっと人に見せられる場所ではないので……、

「ねえめぐみん、女の子がそう簡単に見せるだの言っちゃダメだよ？」

「別にいやらしい話をしているわけじゃないですよ！　それよりクリスにだって秘密の一つぐらいはあるでしょう⁉」

その言葉にクリスはくすっと小さく笑うと。

「あたしの場合は、めぐみんに対しての秘密は二つぐらいあるかなあ。……それも、カズマと共有している秘密がね」

「おっと、それは私に対する挑戦《ちょうせん》ですか？　挑戦ですね？　いいでしょう、最近あの男に色目を使う輩《やから》がうろちょろしていて目障《めざわ》りなのです、掛かってくるといいですよ！」

「ちちち、ちょっと待って、あたしは別にそんなんじゃないから！」

8

アジトに戻《もど》ってみればまだセシリーが眠《ねむ》りこけていたので、今日は帰る事を伝えておく。

セシリーは完全にあそこが気に入り本格的に住み込む様だが、空き家にしておくよりは常に誰かがいる方がいいだろう。

今日は優秀《ゆうしゅう》な盗賊が一人加入。

そう、ようやく待ちに待った盗賊《とうぞく》だ。

何だか毎日迷走《めいそう》してばかりだが、これでようやく盗賊団らしい本格的な行動に移せるだろう。

なんというか、皆《みな》が皆個性的な人達ばかりなので脱線《だっせん》していくのを止めるのが本当に大変だ。

そんな人達を相手にしても我を通し、何だかんだでまとめ上げるカズマは実は凄いのかもしれない。

――と、屋敷《やしき》に帰りながらそんな事を考えていた私の目に、見覚えのある男の姿が留まった。


先ほど街の空き地で槍の練習をしていた新米冒険者が、暗くなってきたにもかかわらず未《いま》だに槍を振《ふ》るっている。

そんな新米冒険者を、少し離《はな》れたところからダストがジッと見守っていた。

またどうせ余計なちょっかいを掛ける気なのだろう。

近くに警察はいないかと探していると、ダストは新米冒険者に近付いていき。

「……おい、ちょっと槍を貸せ。俺が見本を見せてやる」

と、突然《とつぜん》意外な事を言い出した。

声を掛けられた冒険者はまだダストの悪名を知らないのか、滴《したた》る汗《あせ》を拭《ぬぐ》いながら手にした槍を素直《すなお》に渡《わた》す。

槍の長さと具合を確かめる様にひとしきりヒュンヒュンと振り回したダストは、何度か突きを披露《ひろう》していく。

それは私の様な素人目《しろうとめ》でも洗練されたものに見えた。

新米冒険者が汗を拭《ふ》く手を止め、ポカンと口を開けている事からもそうなのだろう。

槍が空気を切り裂《さ》く音が次第《しだい》に鋭《するど》いものへと変わっていき、やがて新米冒険者がゴクリを唾《つば》を呑《の》み込んだ。

辺りの空気までもが引き締《し》まった様に感じられ、段々緊張感《きんちょうかん》が増していく。

いつものダメ人間はどこに消えたんだろうという恐《おそ》ろしいまでの集中力を漂《ただよ》わせたダストは、やがて槍を構えたまま腰《こし》を深く落としていくと――


「――帰りましたよー」

「お帰りー。今日の晩飯はみんな大好きすき焼きだぞ。アクアがさっきから早く早くってうるさいから、早速《さっそく》手を洗ってきてくれ」

今日の料理当番はカズマなのか、ぐつぐつと煮立《にた》った鍋《なべ》を運びながら言ってきた。

テーブルでは既《すで》にアクアが着席しており、私が帰るのを待っていたらしいダクネスが皆のグラスに酒を注いでいる。

「カズマ、ちょっと聞きたい事があるのですがいいですか？」

「おっ、なんだいきなり？　……はは一ん、俺が何時に寝《ね》るかを聞きたいのか？」

こないだの約束を意識しているのか、カズマがそんなすっとぼけた事を言い出した。

「いえ、そうではなくてですね。その……。カズマは、誰かに内緒《ないしょ》にしている事などはありますか？　秘密というか、そういったものですね」

「秘密？　俺の秘密なんてそりゃもうたくさんあるぞ？　っていうか秘密がないヤツなんていないだろ」

……まあそれもそうか。

先ほどの光景があまりにも衝撃的《しょうげきてき》だったのでまぬけな事を聞いてしまった。

やはりダストが例の人だったのだろうか。

最後の技《わざ》はそれほどまでに鮮烈《せんれつ》だった。

あの後、今の技を教えて欲しけりゃ百万エリス持って来いなどと言わなければ、私も思わず圧倒《あっとう》されていたかもしれない。

「いきなりどうしたんだめぐみん？　ちなみに私には秘密などないぞ。お前達の事を信じ、全《すべ》てを話しているからな」

悩《なや》む私にダクネスが、柔《やわ》らかな笑《え》みを浮《う》かべながら言ってくる。

「お前よく言うよな、お嬢様《じょうさま》だって事を隠《かく》したままパーティー入りしてきたり、俺達に内緒で嫁入《よめい》りしようとして大騒動《おおそうどう》巻き起こしてくれたクセに」

そしてカズマに一瞬《いっしゅん》で言い負かされて涙目《なみだめ》になった。

と、すき焼きの肉が煮《に》えるのをソワソワしながら待っていたアクアが。

「あら、私にだって秘密はあるわよ？　そうね、皆にはそろそろ打ち明けようとは思っていたのよ」

「おいお前、どうせまた自分は女神《めがみ》だとか言い出すんだろ？　この二人には信じてもらえないんだから……」

「実は、私達がパーティー結成してからそろそろ一年が経《た》つんだけど、そのお祝いとしてカズマが買っておいた高いお酒を我慢《がまん》できずに飲んじゃったのでした！」

アクアの言葉にカズマが思わず動きを止める。

「ごめーんね！」

「何がごめーんねだバカにしやがって！　お前そういうのは秘密じゃなくて隠し事って言うんだよ！　……おい、ちょっと目が泳いでるぞ。今のは俺が怒《おこ》らないかの様子見の軽いやつで、他《ほか》にも隠してる大きいヤツがあるんだろ！　言えよこら！」

……まあいいか。

私だって盗賊団を作った事をまだカズマには秘密にしているのだ。

いつも通りに喧嘩《けんか》を始めた二人をよそに。

ワイングラスを傾《かたむ》けたダクネスが、機嫌《きげん》良さそうに尋《たず》ねてきた。

「そういえばめぐみん、最近色んな人と何かやっているそうだな？　今日は一体何をしていたんだ？」

今日は何があったのだろう。

下っ端《ぱ》が増えたりと色々あったが、まあ一つあげるなら……。

「今日は色んな人の意外な一面を見てきました。もし本人が言っていいと言ったら、そのうちダクネスにも教えてあげますよ。きっと驚《おどろ》くと思いますから」

アイリスやゆんゆんみたいではあるのだが、お姫様とは本当は何があったのか、ぜひ今度、尋ねてみよう。

襲撃する盗賊団
第四話

1

すっかり溜《た》まり場と化したアジトにて。

我が盗賊団への入団希望者の名簿《めいぼ》を見た、クリスが言った。


「ちょっと何言ってるのかわかんない」


呆然《ぼうぜん》としながら名簿を見たまま動かなくなったクリスに向けて。

「なんですかいきなり、わかんないの意味が分かりませんよ。それは盗賊団に入りたがっている人達のリストです」

「この人数の多さがわかんない！　ていうかアクセルで一番立派なお屋敷をアジトにしてる事も意味がわかんないし、名簿にあちこちで聞いた事がある腕利《うでき》きの名前がちらほらある事もわかんない！」

一体どうしたのだろうこの下っ端は。

「何をそんなに騒《さわ》いでいるのですか？　組織が大きい事は良い事ですよ」

「そうなんだけど！　いや、そうなのかな!?　ねえ、カズマ君はこの事知ってるの!?」

酷《ひど》く混乱した顔で必死に訴《うった》える下っ端に、

「カズマには、仲間が出来たとかアジトが出来たとか、そういった事は一応報告してますよ？」

「そ、そうなんだ。それなのに何も言わないんだ……。ええ？　これって結構な大事だと思うのはあたしだけなのかなあ？」

下っ端なだけあり、クリスは小心者の様だ。

「規模が大きくて驚きましたか？　まあ私にかかればこんなものです」

「へえええええ……。や、やるじゃんめぐみん……」

私の言葉に、クリスが驚きと畏怖《いふ》の混じった視線を向けてくる。

と、その時。

「めぐみんだって予想外に大規模になりそうで内心引いてるクセに……」

見事な手際《てぎわ》でテーブルの上にトランプタワーを作っていたゆんゆんが、ぼそりと言った。

「おい、朝から築き上げた努力の結晶《けっしょう》を破壊《はかい》されたくなければ口を慎《つつし》んでもらおうか」

「わ、分かったわよ。今日のタワーは五束のトランプを使って最高記録を更新《こうしん》中なんだからやめてよね」

知らない間にいよいよ一人遊びに磨《みが》きがかかってきたゆんゆんだが、この子は何を目指しているのか。

「ところで……」

クリスが何だか気まずそうに。

「さっきからあたしを見てる、そっちの人は？」

ソファーの後ろに身を隠し、頭だけを覗《のぞ》かせたセシリーをチラ見し尋ねてきた。

女の子が大好物のはずのセシリーなのに、今日に限ってなぜかクリスを警戒《けいかい》している。

「あのお姉さんは、この家に住み着いているセシリーという名のプリーストです。……お姉さんどうしたんですか？　奇行《きこう》が目立つのはいつもの事ですが、今日は特におかしいですよ？」

どうしたのかを尋ねてみるも、訝《いぶか》し気な視線でクリスを見つめ。

「自分でもよく分からないんだけど、どうした事かお姉さんの美少女センサーが反応しないのよ。こんなのは初めてで戸惑《とまど》ってるんだけど……。ねえあなた、ひょっとして美少女に見せかけた男の子だったりしない？　でも私としてはそれはそれで悪くないから、やっぱり何かがおかしいのよね」

「短パン姿だとたまに男の子に間違《まちが》われるけど、れっきとした女です……」

短髪《たんぱつ》とラフな服装のおかげで間違われた経験でもあるのか、クリスはなんだかショボンとしている。

「ああ、クリスは敬虔《けいけん》なエリス教徒ですからね。きっとそれで相性《あいしょう》が良くないのではないでしょうか」

エリス教徒という言葉を聞いたセシリーは、隠れていたソファーの陰《かげ》から立ち上がり。

「なんて事！　せっかくの美少女達が集《つど》う私の聖域に、エリス教徒が侵入《しんにゅう》してきただなんて許せない！　……はは一ん、毎日ここでゴロゴロしてるだけで美少女達が甘やかしてくれる私の生活に憧《あこが》れを抱《いだ》いて来たのね？　こんな美味《おい》しい立ち位置を奪《うば》おうったって、そうはいくもんですかこの泥棒猫《どろぼうねこ》！」

「泥棒猫!?　ちょ、ちょっと待って、妙《みょう》な誤解があるみたいだけど、あたしは半ば無理やりに近い形で入らされたっていうか……！」

エリス教徒アレルギーでもあるのか、セシリーがクリスに食って掛《か》かる中、

「そういえばゆんゆん、今日はイリスはいないのですか？」

「イリスちゃんならいつもの待ち合わせ場所に行ったら、式典がどうとかで今日は来られないって、メイドさんが言伝《ことづて》で……。ちょ、ちょっとやめなさいよ、トランプタワーに息吹《ふ》きかけるのは。ていうかめぐみん、そろそろあの子の正体が気になって仕方ないんだけ

ど……」

なるほど、王族の行事なのか。

そろそろ人数も集まってきたので、ここらで一度ぐらい襲撃《しゅうげき》を決行してもいいかと考えていたのだが仕方ない。

「そういう事なら仕方ないですね。まあ式典というのなら、さすがに無理やり連れて来るのも問題でしょうし」

「ねえめぐみん、イリスちゃんの正体を……なんで目を逸《そ》らすの？　どうしてクリスさんまで顔を背《そむ》けるの!?　ちょっと、揺《ゆ》らさないでよ、タワーが崩《くず》れちゃう！」

ゆんゆんの肩《かた》を摑《つか》んで揺らし、黙《だま》らせると。

「というわけで、本職の盗賊《とうぞく》も入った事ですし。そろそろ襲撃を決行したいと思います！　決行はイリスが参加出来る日！　それまでに襲撃目標を調べ、計画を練ります。……以上！」

「わあああっ、タワーが！　あんたちょっと待ちなさいよおおおお！」

テーブルを思い切り叩《たた》いて宣言した――

――その日の夜。

屋敷《やしき》に帰り夕飯を終えた私は、カズマにある事を尋ねていた。

「上手《うま》く問題児をまとめ上げる秘訣《ひけつ》？　また突然妙《とつぜんみよう》な事を聞くな」

襲撃を予定してみたものの、集まったメンツは見事にキワモノばかりの盗賊団だ。

手のかかる仲間をまとめる事に定評のあるカズマに、その秘訣を教わろう。

そう思い、尋ねてみたのだが……、

「秘訣も何も、特にまとめ上げてるつもりもないからな。モンスターテイマーの人だって、飼ってるモンスターにそこまで細かい指示は出せないだろ。俺の場合も大雑把《おおざっぱ》に指示を出して、お前らをなんとなく誘導《ゆうどう》してやってるだけだからなあ」

「大雑把な指示、ですか。それでよくみんなをああも上手い事扱《あつか》えますね」

だが言われてみればカズマは、毎度そこまで細かく指示を出しているわけでもない。

「だって、細かく指示したってお前ら言う事聞かないだろ。俺ぐらいのネトゲランカーにもなると、その場の状況《じょうきょう》判断なんて思い付きでどうにかなるもんだ。自分の国にいた頃《ころ》に所属していたギルドでは、お前らを超《こ》える問題児なんてたくさんいたしな」

「ランカーというのは、ランキング上位者という意味でしたっけ。カズマには戦友がいたんですよね、一緒《いっしょ》に砦《とりで》を攻《せ》めたりボス狩《が》りをしたと言ってましたが」

それは、カズマに関する多くの謎《なぞ》の一つ。

多くの仲間と共に、連日徹夜《てつや》でモンスターを狩《か》りボスを狩り、それなりに名を馳《は》せていたという。

「ああ、俺はギルドの中でも幹部の一人に数えられていたからな。新人育成やボス狩りのスケジュール管理も任されたもんだ。それもあってお前らみたいな連中でも対処出来たんだと思うよ」

確かな自信に満ちたカズマの言葉。

やはり、何度聞いても嘘《うそ》を言っている様には思えない。

「まあ、あえて秘訣を挙げるのなら、どんな手のかかるやつでもどこかに捨ててこようとはせず、相手を理解しようとする事だな」

「ねえカズマ、そこでどうして私の方を見るの？」

なるほど、相手を理解する事か。

「ありがとうございます。明日《あした》は皆《みんな》と話してみます」

「どんなダメな子でも一つぐらいは良いとこがあるからな。そういうとこを見付けてやれば案外使いどころはあるもんだ。ダンジョンに遠征《えんせい》してそこに置いて来たくなる様な相手でも、よく観察してみれば意外な一面が見られるかもしれないぞ」

「ねえ、だからどうしてそこで私の方を見るの？」

意外な一面。

そういえば私は、まだあの人達の事を深くは知らない。

「そもそも一流のゲーマーである俺としては、縛《しば》りプレイの一環《いっかん》だと思えば、生活に余裕《よゆう》の出てきた今なら足引っ張られても腹も立たないしな」

自信有り気なカズマの言葉に、まとわりついてくるちょむすけを頰《ほお》を緩《ゆる》ませながら撫《な》でていたダクネスが反応する。

「おいカズマ、皆の前でその卑猥《ひわい》な発言はどうかと思うのだが」

「俺の言う縛りプレイはお前の大好きな一人遊びじゃないぞ。ゲーマーを侮辱《ぶじょく》するな」

しかしこの男、この若さでギルドの幹部だったとは只者《ただもの》でないのかもしれない。

と、カズマの事をあらためて見直していると、その隣《となり》に座り、膝《ひざ》の上に乗せたゼル帝《てい》にかいがいしく餌《えさ》をやっていたアクアが。

「あんたさっきから私達の事を問題児みたく言ってるけど、それってひょっとしなくても私は入ってないわよね？　この二人の事を言ってるのよね？」

「……お前、問題児筆頭のクセに何言ってやがんだ」

そんなカズマの言葉に、ちょむすけに指先を甘嚙《あまが》みされて表情を蕩《とろ》けさせていたダクネスも、

「なあカズマ、私は問題児ではないよな？　この三人の中では一番良識ある自信があるのだが……」

……おい、ちょっと待ってもらおうか。

「どこからそんな自信が湧《わ》いてくるんだ。俺は戦闘《せんとう》中のお前らの事は、ちょっと賢《かしこ》いゴブリンぐらいにしか見てないからな」

「あんた表に出なさいな、麗《うるわ》しくも賢い私をゴブリン扱いとは言ってくれたわね」

「ああ、この男は最近調子に乗りすぎているな。ちょっとばかり魔王《まおう》の幹部を上手く葬《ほうむ》っているからといって、年頃《としごろ》の乙女《おとめ》をゴブリン呼ばわりは許せぬ」

カズマの発言にいきり立つ、ゴブリン並みに短気な二人。

「二人は紛《まぎ》れもない問題児ですよ。この中で一番良識と落ち着きがあるのは高い知能を持つ私です。アークウィザードは冷静沈着《ちんちゃく》が売りですからね。……しかし、そうなると困りましたね。手のかかる人達を連れてある事をしようと計画しているのですが、実に個性的な人達ばかりなのでうまくいく気がしないのですよ」

「お、お前、火種もないのに勝手に爆発《ばくはつ》する欠陥《けっかん》花火みたいな存在のクセに、冷静沈着ってなんの冗談《じょうだん》だよ」

「ねえめぐみん、私、戦闘中に関してはめぐみんより落ち着いてる自信があるわよ」

「この中で一番気が短いめぐみんにだけは言われたくないぞ！」

三人が口々に何かを言ってくるが、腕《うで》を組み思案する私の耳には届かなかった。

2

「お姉さんに質問です。今一番やりたい事はなんですか？」

「めぐみんさんとの結婚《けっこん》かしら」

翌朝、アジトで一人朝早くから怪《あや》しげな踊《おど》りを披露《ひろう》していたセシリーが、迷いもせずに即答《そくとう》した。

「……あの、私は女ですのでお姉さんとの結婚は……」

どうやらその怪しげな踊りは女神《めがみ》アクアへの祈《いの》りだったらしく、小さな声で『アクア様、今日も一日が良い日でありますよう』と呟《つぶや》くと、

「頭の固いエリス教とは違い、アクシズ教では相手が悪魔っ娘《こ》やアンデッドでさえなければ、種族の壁《かべ》も性別の壁も些細《ささい》な事とされているから問題ないわ」

大ありですよ。

「ええと、お姉さんの気持ちは嬉《うれ》しいのですが、私も出来ればお嫁《よめ》に行きたいのでごめん

なさい」

「仕方ないわね。じゃあ頑張《がんば》って、良いお婿《むこ》さんになってみせるわ」

「違《ちが》いますよ、ちゃんと男性の下《もと》へお嫁に行きたいんです！　そ、そんなに落ち込まないでくださいよ、日頃《ひごろ》ふざけているくせにシュンとするのはズルいですよ！」

捨てられた子犬みたいな顔でこちらを見るセシリーに戸惑《とまど》っていると、途端《とたん》にニマニマとした笑《え》みを浮《う》かべ、

「まったくもう、本当にめぐみんさんは可愛《かわい》いんだから！　仕方ないわね、誰《だれ》かに聞いた話だけど、性転換《せいてんかん》さえ可能な伝説級の神器があるらしいの。めぐみんさんのために何としてでもそれを手に入れてみせるからね」

「お姉さんがお兄さんになっても嫁に行くとは限りませんからやめてください！　というか、他《ほか》にないのですか？　日頃欲望《ひごろよくぼう》に塗《まみ》れているお姉さんなら、やりたい事なんて山の様にあるのでは」

私に抱《だ》き着きながら頬ずりしてくるセシリーを、なんとか押しのけながら聞いてみる。

「めぐみんさんってば何を言ってるのかしら。私はアクシズ教徒なのよ？」

「……？　もちろん知ってますが、それが？」

首を傾《かし》げる私に向けて、

「アクシズ教徒である以上、やりたい事があったなら、迷わず即座《そくざ》にやるに決まってるじゃない。アクア様に恥《は》じる事がない様に、毎日生きたい様に生き、やりたい様にやっているわ。こんな風にね？」

セシリーは私を抱き締《し》めたままクスリと小さく微笑《ほほえ》んだ。

「やってる事と言ってる事はロクでもないですが、その生き様はちょっとだけ格好良いと思ってしまいました。自由を愛するアクシズ教徒らしいですね」

「ありがとう！　めぐみんさんの線香《せんこう》花火みたいな生き様も格好良《かっこい》いと思うわよ！」

線香花火は止《や》めて欲しい。

と、セシリーは私の頭を撫でながら。

「何か悩《なや》んでいる事があるのなら相談に乗るわよ？　なにせお姉さんは相談役だからね！」

相変わらず、意外に鋭《するど》いところを見せてきた。

そう、ここのところ私を悩ませている問題、それは——

「こないだはうやむやになっちゃったけど、めぐみんさんは好きな人がいるのね？」

色物ばかりのこの集団で、どうやれば襲撃《しゅうげき》を成功させるのか、悩んでいるのです、そんな事ではありませんよ！」

「ちち、違いますよ何を言っているのですか！　どうすればこのメンバーで襲撃するかを

本当に余計なところで鋭いセシリーの言葉に、私の耳が赤くなった。

そんな私を見ながら優《やさ》し気に微笑むセシリーは、なんだかちゃんとした聖職者に見える。

この人はたまにこういう意外な姿を見せるからズルいと思う。

「これ以上からかうと嫌《きら》われちゃうから、まあそういう事にしといてあげるわね！　そうね、まずは襲撃先の貴族は誰にするか。次に、その貴族をどうやって襲撃するか。最後に、その貴族が本当に悪事を行っていて、私達が無茶《むちゃ》をやらかしても大事にならないか。つまり、標的にする相手としては、無名ではなくお金もあって、裏で悪事を行ってそうな家ね」

なるほど、からかわれたのはいただけないが珍《めずら》しくためになる意見だ。

「とはいっても、実はめぐみんさんから計画を聞いた時から、既《すで》に目星は付けてあるんだけどね」

「どうしたんですかお姉さん、今日は随分《ずいぶん》と頼《たよ》りがいがあるじゃないですか」

本当にどうしたのだろうこの人は。

ゼスタというあの筋金入りの変態といい、アクシズ教徒というのはたまに凄《すご》い力を発揮する事がある。

私は期待を込めた目で、その目星を付けた貴族とやらを……、

「この街にはあのダスティネス家が居を構えているのは知ってるかしら？」

「………………」

私が思わず無言になると、なぜかセシリーはさらに盛り上がり。

「相手は大きければ大きい方がいいわ。その点に関しては、ダスティネス家なら十分過ぎるほどに合格ね。次にお金があるかどうかだけど、あの家はこの国で一、二を争う大貴族。貧乏《びんぼう》なわけがないからね」

あそこは貧乏というわけではないが、貴族にしては大金持ちというほどでもないのだが。

「そして何よりあそこの家は一族揃《そろ》って熱心なエリス教徒らしいのよ！　邪悪《じゃあく》なるエリス教徒に染まりきっている家柄《いえがら》な以上、きっと裏で何かやらかしているに違いないわ！」

「すいません、あそこの家だけは無しにしましょう。というか本当に勘弁《かんべん》してください」

この人の話を真面目《まじめ》に聞いていた自分が恥ずかしい。

「めぐみんさんがそう言うのならしょうがないわね……。じゃあ、二番目の候補として考えていた家があるのよ。まずはそこを調べてみるのはどうかしら？」

3

「——ベルハイム家？　……うーん、あそこは初心者には難しいんじゃないかなあ。今のところは悪い噂《うわさ》は聞かないし、その上警備が厳重でオススメ出来ないところだよ」

昼を過ぎた頃《ころ》にギルドに顔を出した私は、そこで暇《ひま》そうにしていたクリスを捕《つか》まえ、教えてもらった貴族の事を尋《たず》ねてみた。

「初心者にオススメ出来ないとは、何だか貴族の家に侵入《しんにゅう》するのに手慣れている様な言い方ですね」

「ぶはっ！　けへ、けへっ……！　ほら、あたしも職業盗賊《とうぞく》だからね、実際に盗《ぬす》みに入るわけじゃないにしても、想定ぐらいはするもんなのさ！」

含《ふく》んでいたクリムゾンビアーを盛大に噴《ふ》き出したクリスが慌《あわ》てた様に言ってくる。

なるほど、爆裂《ばくれつ》魔法使いが固くて大きくて破壊《はかい》しがいのある物を探し求めてしまう習性と似た様なものか。

クリスは口元をハンカチで拭《ぬぐ》うと、

「一応ベルハイム家については詳《くわ》しく調べてあげるけど、最初はもっと小物臭《しゅう》漂《ただよ》う貴族邸《てい》にした方がいいよ？　不正がバレればすぐに取り潰《つぶ》されちゃうレベルの家なら、盗みに入られても公《おおやけ》にしない場合が多いしね」

「一応聞きますが、想定しているだけなのですよね？　実際に盗みに入ったりとかは……」

「しししてないよ？　やだなめぐみん、あたしがそんな危ない橋を渡《わた》るわけないじゃん！」

クリスは口ではそう言うが、嘘《うそ》は下手《へた》なのか目が泳いでしまっている。

挙動不審《ふしん》にハンカチをテーブルの上で畳《たた》んだり、また伸《の》ばしたりと落ち着きがない。

「……クリスはエリス教徒ですよね？　単身で貴族邸に侵入したりなど、危険な行為《こうい》を行ってないと女神エリスに誓《ちか》えますか？」

「えぇー……。い、いや全力で誓えるけど。誓えるけどさあ……。この、どう反応すればいいのか分からない感覚はなんなんだろ……」

そう言ってアッサリ誓ったクリスを意外に思いながらもホッとする。

クリスは敬虔《けいけん》なエリス教徒みたいだしごまかしているという事はないだろう。

無茶をしていないか心配したが杞憂《きゆう》だった様だ。

「ところでクリスに質問があります。今、あなたが一番やりたい事、叶《かな》えたい望みはなんですか？」

「あたし⁉　叶えたい望みって……。ねえめぐみん、本当にあたしの事を知らないんだよね？　あたし、どっちかというと望みを叶えてもらう方じゃなく、叶えてあげる方なんだけど……」

またおかしな事を言い出したクリス。

この子は我が盗賊団において一番まともな人かとも思ったが、案外そうでもないのかもしれない。

「実はカズマに言われて、上手《うま》くまとめたいのならちゃんと相手を理解する事だと言われまして。まあ言ってみれば、あなたの事が知りたいわけです」

私の言葉を受けたクリスは不思議そうな顔でマジマジとこちらを凝視《ぎょうし》する。

「へえ、カズマ君にしてはまともな事言うんだねえ。でも、叶えたい望み、やりたい事かあ。うーん、既にやりたい事は好きにやってるしね、今のところは特にないかなあ」

「やりたい事は好きにやっている、ですか。セシリーと同じ事を言いますね。アクシズ教徒とエリス教徒は根っこの部分は同じなのでしょうか」

「待って、もう一回チャンスをちょうだい！　ちゃんと考えて答えるから！」

アクシズ教徒と同一視されるのが嫌《いや》なのか、クリスは眉《まゆ》を寄せて唸《うな》りだす。

しばらく悩んだ末に、クリスは恥ずかしそうにはにかみながら、

「あたしがやりたい事……。……女友達と買い物に行ってたくさん服を買ってみたりとか、流行《はや》りのお店で美味《おい》しいパフェ食べてみたりだとか……。そういう俗《ぞく》っぽい事をしてみたいかも」

活発な外見とは対照的な、乙女《おとめ》みたいな事を言い出した。

「あなたなら出来るでしょうに。ぼっちのゆんゆんとも違えば身分のあるイリスとも違うんですし。冒険《ぼうけん》者をやっている情報通の女盗賊だなんて、経験豊富で遊んでるイメージしかないのですが」

「ひ、酷《ひど》いっ！　あたし、まだデートもした事ないんだよ！」

クリスと初めて会った時はいきなりカズマに勝負を挑《いど》むイケイケの盗賊かと思ったが、意外と純情なとこがあるのかもしれない。

なるほど、カズマの言う通りだ。

セシリーといいクリスといい、私の知らない一面が見えてくる。

しかし、デートか。

私も一対一のちゃんとしたデートというものは未経験の気がする。

………。

「ふと思ったのですが、そういえばもう一つ聞いておきたい事がありました」

「なにかな？　ダクネスとは長い付き合いだし、アクアさんとはまあ色々あるし。カズマ君に関してはそれこそ秘密を共有してる間柄《あいだがら》なのに、キミ達のパーティーではめぐみんとだけはあんまり接点がなかったしね。いいよ、何でも聞いてごらんよ」

ジョッキをゆらゆらと動かしながら、楽し気に言うクリスに向けて。

「うちのカズマとはどういう関係なのですか？」

「……友達かな」

目を逸《そ》らすクリスに顔を寄せ、

「友達にしては、ここ最近随分あの男と仲が良い気がするんですよ。そもそもクリスは、私とあまり接点がなかったと言いましたが、カズマとクリスも接点なんてなかったと思うのですが」

「そ、それはまあ、ほら盗賊スキルを教えたり、色々あるからね！　でも本当にただの友達だよ！　特別な感情は抱《いだ》いてないから！」

必死に言い繕《つくろ》うとこがなんだか怪《あや》しいし、秘密を共有している間柄というのもとても気になるのだが。

「昔は女性の知り合いなんて私達ぐらいのものだったのに、カズマがここのところ、妙《みょう》にモテだして気になるのですよ。長く一緒《いっしょ》にいた間柄ならまだいいのですが、ポッと出のどこの馬の骨とも分からない子にかっさらわれてはたまりませんからね」

ジッと聞いていたクリスは、少しだけ頰《ほお》を赤くしながら、今までの仕返しとばかりにからかう様な視線を向けてくる。

「へえー。そういえばめぐみんは、最近カズマ君と良い感じだって聞いたよ。ねえねえ、彼の事好きなの？　どれぐらい本気なのさ、お姉さんに聞かせてみなよ」

「カズマの事は好きですよ。どれぐらい本気なのかと聞かれればガチですね」

それを聞いたクリスがさらに顔を赤くしながらギョッとする。

「最初は奇行《きこう》の目立つ変わった人だなぐらいに思っていましたが、それが面倒見《めんどうみ》の良い人だなに変わり、一緒にいて安心する人に変わりました。これが、気が付いたら好きになっていたというヤツでしょうか。今では、毎日爆裂魔法《まほう》の事と同じぐらいカズマの事も考えていますね」

「そそそ、そうなんだ！　めぐみんって変なとこで男らしいよね。もっとこう、戸惑《とまど》ったり恥《は》ずかしがったりするかと思ったよ、そこまで直球でこられると、あたしはどんな反応すればいいのか分からないです……」

クリスの私を見る目になぜか尊敬の眼差《まなざ》しが加わった気がする。

「というわけで、敵になりそうな相手は今の内に潰しておこうと思ってます。本当にカズマとはただの友達なんですね？」

「本当にただの友達だよ！　だからそんなに目を紅《あか》くしないで！　えっと、それじゃああたしはベルハイムについて調べてくるから！」

クリスはそう言うと何かに怯《おび》える様に、慌ててギルドを飛び出していった。

私も冒険者ギルドを後にすると、次の目的地へと向かう事にした。

そろそろゆんゆんが、あの子を連れて来ている頃だろう。

4

「こ、これなんて可愛《かわい》いよね！　ほら、あっちのも！」

「そうですね、このようなお店には入った事がないのでとても興味深いです。……ところでゆんゆんさん、私《わたくし》達はアジトに行かなくても良いのですか？」

街の大通りに面する、女の子に人気の小物店。

その店内で見慣れた二人がうろうろしていた。

「大丈夫《だいじょうぶ》。今頃《いまごろ》は皆《みな》でお菓子《かし》食べてゴロゴロして、セシリーさんのセクハラにめぐみんが怒《おこ》って、クリスさんがしょうがないなーって苦笑《くしょう》してて……。……それはそれで、そっちも楽しそうだなあ……」

「では、そろそろ私達も参りましょうか？　お買い物も楽しいですが、お頭様《かしらさま》に見つかったら叱《しか》られそうですし」

アイリスの言葉に、ゆんゆんがうっと軽く怯《ひる》む。

「そ、そうね。別にめぐみんが怖《こわ》いわけじゃないけど、あまり寄り道して待たせるのもね。それじゃあ……」

「おい、年下の子を連れ回してここぞとばかりに密《ひそ》やかな願望を叶えておいて、また随分《ずいぶん》な言いぐさじゃないか」

背後からの私の言葉にゆんゆんがビクンと身を震《ふる》わせた。

ゆんゆんは、おそるおそるこちらを振《ふ》り向き——

「——まったく。いくら友達がいないからといって、何も分からないイリスを付き合わせるとは何を考えているのですか。私の爆裂魔法を温存するため待ち合わせを時間指定にして任せてみれば、初日からこれですか！」

「……ごめんなさい」

アジトへと向かう道すがら。

耳まで赤くしたゆんゆんが、両手で顔を覆《おお》いながら付いてくる。

「どうせ同じ年頃《としごろ》の子との買い物に憧《あこが》れていたのでしょうが、何のためにイリスを迎《むか》えに行かせたのか分からないじゃないですか。そんなにお店に行きたいのなら今度私が付き合いますから、あまりアホな事しないでくださいね」

それを聞いたゆんゆんが、驚《おどろ》きと期待の入り混じった顔で、

「ほ、本当に？　本当にめぐみんが付き合ってくれるの？　いつか友達が出来た時に行きたいお店リストが、そろそろノート三冊分になりそうなんだけど……」

「多すぎですよ、せめて数件に絞《しぼ》ってください！　それより、二人に聞きたい事があるのですが」

そう言って、私は二人に先ほどと同じ質問を投げかけた。

「私がやりたい事？　えっと、いきなりどうしたのめぐみん、答えてもいいけど、多分私がやりたい事を並べていくだけで、一日じゃ終わらないと思うんだけど……」

「だから多すぎですよ！　本当にやりたい事、一番叶えたい望みがあるでしょう！」

私の言葉にゆんゆんは、なぜかチラチラとこちらを見ると。

「それなら、そろそろめぐみんと決着を付けたいかな」

おずおずと、小声でそんな事を言ってきた。

「決着ならもう付いてるじゃないですか。レベルにしても名声にしても女としても」

「あんたちょっと待ちなさいよ、レベルや魔王の幹部の撃破数《げきは》はともかく、女としてってところは納得《なっとく》いかないわよ！」

ゆんゆんは目を紅く光らせながら腕《うで》を組み、見せつける様に胸を張る。

……この野郎《やろう》。

「体の発育具合の話ではありませんよ。年の割にはエロイその体で男を釣《つ》る事も出来ないクセに、私に対抗《たいこう》しようとするのがおこがましいですよ」

「カズマさんとちょっと良い感じだからって勝った気にならないでよね！　私だってその気になれば……！　な、なれば……」

段々小声になっていくゆんゆんに、私も勝ち誇《ほこ》った様に胸を張る。

「ほら、男友達なんて一人もいないでしょう？　ああ、先日の金髪《きんぱつ》のチンピラは友達でしたっけ。あの男なんてお似合いではないですか？　お幸せに！」

「冗談《じょうだん》でも許さない、あの人だけはあり得ないから！　いいわ、言っていい事と悪い事があるって分からせてあげる！　今ここで決着を付けてあげるわ！」

ゆんゆんは目を紅く輝《かがや》かせながら腰《こし》からワンドを抜《ぬ》き放つ。

「な、なんですか、やるんですか？　いいでしょう、掛《か》かってくるといいですよ！　昔、カズマに子作りしようと迫《せま》った事、実は内心イライラしていたのです！　もう人の男に粉を掛けられない様に、今ここでハッキリさせてあげましょう！」

「や、やめて！　アレは思い込みと勘違《かんちが》いの事故なんだからもう忘れてよ！」

ワンドを落として恥ずかしそうに叫《さけ》ぶゆんゆんに、今日も勝ったと心の中に記録する。

「お兄様はどれだけ多くの人に言い寄られているのですか⁉　公衆の面前でクリスさんの下着を剥《は》いだり、ラティーナにいかがわしい事をしたとも聞きます。更《さら》にゆんゆんさんと、こ、子作りとか……！」

「やめてえ！　違うから、私カズマさんにそういった感情はないから！　そそ、それよりも、イリスちゃんの叶《かな》えたい望みが聞きたい！　ほら、めぐみんもそう思うでしょ⁉」

話題逸らしをしようと必死なゆんゆんに、アイリスはポッと頬を赤らめ。

「わ、私は、その……」

……どいつもこいつも。

「私は、お、お兄様と……！」

「それ以上は言わせませんよ！　なんなんですかこの人達は、どいつもこいつも色ボケですか！　この年代の女子は、これが普通《ふつう》なのですか！」

5

色ボケた二人を連れてアジトに戻《もど》ると、そこにはおかしな光景が広がっていた。

「あなたエリス教徒にしてはなかなか見る目があるじゃない。そうよ、アクア様は尊いの。そしてとっても愛らしいのよ」

「うん、まあ、悪い人じゃないと思うよ。うん」

絨毯《じゅうたん》の上で膝《ひざ》を抱《かか》えたクリスに向けて、セシリーが何やら説法をしている。

どうやら、女神《めがみ》アクアの良いところを解説していたらしい。

「お帰りなさいめぐみんさん。今ちょうど、クリスさんをアクシズ教徒に改宗させようとしていたとこよ」

「ええっ!? ちょっと待って、さすがに改宗はしないかなあ！」

説法に耳を傾《かたむ》けてはいたものの、その言葉は予想外だったのかクリスが驚く。

「何を言ってるの。それじゃ聞くけど、悪魔やアンデッドについてはどう思う？」

「それはもちろん滅《ほろ》べばいいと思うよ」

迷い無く即答《そくとう》するクリスに向けて、セシリーが満面の笑《え》みを浮《う》かべ。

「素晴《すば》らしいわクリスさん、やはりあなたにはアクシズ教徒の素質があるわね！　そう、女神アクアはおっしゃった。悪魔殺すべし、魔王しばくべし、アンデッド土に返すべしと！　さああなたもアクシズ教に入信を……！」

「一応エリス教でも悪魔やアンデッドは忌《い》むべき存在だと教えてるからね⁉　ていうかアクシズ教に入信を勧《すす》められる日が来るとは思いもしなかったよ。あたし、ここ最近なんでこうも面白《おもしろ》い状況《じょうきょう》にばかり陥《おちい》るのかなあ⁉」

アクシズ教徒とエリス教徒という事で、喧嘩《けんか》になるかと思ったが案外仲が良さそうで何よりだ。

言い合う二人をこちらに招き、私は皆に予定していた計画を話す事に。

テーブルの前に立った私は、そこに両手を突《つ》いて身を乗り出した——

「それでは皆さん、今日はお集まり頂きありがとうございます。我が盗賊《とうぞく》団もアジトを手に入れ、後ろ盾《だて》も得て、定期的な収入源も手にしました。人員については入団希望者が殺《さっ》到《とう》している状況です。これは大変喜ばしい状況ではないでしょうか」

「そうね。人も集まる頻度《ひんど》も増えて、かなり軌道《きどう》に乗ってきたわね」

私の言葉にゆんゆんが頷《うなず》き言った。

「そう、今のところは順調です。形にも成ってきたところで、そろそろ本格的な活動を始めようかと思いまして」

　それを受けたアイリスが、小さく首を傾《かし》げ。

「活動？　今日は一体何をするのでしょう？　こないだは山に山菜を採りに、その前は川に魚釣りをしに行きましたが、今日はお弁当を作ってもらっていないのです。行くなら明日《あした》にしませんか？」

「誰《だれ》が遊びに行くと言いましたか！　いえ、確かに最近はもう何の団体なのかも分からなくなってきた感がありますが、本来の目的を見失わないでください。思い出すのです、我々がそもそも何のために集まったのかを」

　私の言葉にそれぞれが、次々に口を開く。

「友達を作るためだと思ったんだけど……」

「冒険《ぼうけん》をするためだと思いましたが……」

「お姉さんは、可愛い美少女に囲まれてチヤホヤされたくて釣られて来たわ」

「あれえ!?　あたしが聞いてた話となんか違う!?」

　本来の目的を忘れている皆の前で、テーブルをバンバン叩《たた》き、

「違うでしょう！　私もちょこちょこ脱線《だっせん》しがちではありましたが、本来の目的は銀髪盗

賊団の行いに賛同し、私達もそれをお手伝いしようという話です！　襲撃《しゅうげき》です！　悪徳貴族を襲撃して私達の名を知らしめるのです！　というわけでクリス、調査の結果をお願いします！」

「調べた結果、シロでした。特に悪い事してる様子もないし、ここは標的にしない方がいいんじゃないかなあ。ていうか、どうしてここにしようと思ったの？」

クリスからの報告に、セシリーがつまらなそうに。

「あそこの家にアクシズ教団への寄付をおねだりにいったら、ウチは宗教の類《たぐ》いは間に合ってるって言われたの。エリス教とかアクシズ教とか、そういう胡散臭《うさんくさ》いのはお断りだからと……」

セシリーの言葉にクリスが突然激昂《とつぜんげっこう》した。

「あそこにしよう！　胡散臭いだとか言う神敵には罰《ばつ》を食《く》らわせるべきだよ！」

「そうしましょう、そうしましょう！　話が分かるわねクリスさん、やっぱりあなたにはアクシズ教の方が向いてるわ！　めぐみんさん、それでいいかしら？」

盛り上がる二人に向けて、

「ちっとも良くありませんよ。悪い事をしていないのなら襲《おそ》うわけにもいきません、別の家にしましょう。女神アクアや女神エリスも許しませんよ」

「許すよ、エリス様は超《ちょう》許すよ！」

「アクア様もきっと許すわ！　むしろじゃんじゃんやりなさいっていう啓示《けいじ》が聞こえるぐらいよ！」

どうしようこの二人。

というか、まともだと思っていたクリスが意外に過激なのが驚きだ。

カズマの言う様に、仲間をちゃんと理解する事はとても大切だと実感する。

「なるほど、話は理解いたしました。つまりとうとう正義の味方をやるのですね！　ではこうしましょう、実は王家がマークしている貴族リストという物があります。そこに名前が載《の》っている貴族邸宅《ていたく》をとりあえず襲撃し、何も出てこなかったならお父様から謝ってもらうという事で……」

「あなたは大人しくしていてください！　お父様とやらは持ち出してはいけませんよ！」

更に過激な発言をするアイリスにツッコんでいると、ゆんゆんがマントをくいくいと引いてきた。

「もう、このまま皆《みんな》で毎日楽しく遊ぶ団体でいいんじゃないかな？　ほら、イリスちゃんのメイドさんが作ってくれたお菓子《かし》だってさ。美味《おい》しいからめぐみんも食べてみなよ……ってあああああーっ！」

ゆんゆんが差し出してきたお菓子を全《すべ》て口の中に放《ほう》り込むと、それをもしゃもしゃ食べ終えて。

「仕方ありませんね、襲撃しようにも相手がいないのでは動きようがありません。しばらく様子を見るとしましょうか」

なにせいつもの様に、私一人で騒動《そうどう》を巻き起こすわけではないのだ。

今回はお頭《かしら》という責任が付いて回る。

「誰が私の分まで食べろって言ったのよおおおお！」

ゆんゆんにガクガクと揺《ゆ》らされながら、私は頭を悩《なや》ませた。

6

「――帰りましたよー」

「お帰りー。なんか疲《つか》れた顔してんな」

あれから、ちっとも話がまとまらないまま時間が過ぎ去り。

なぜかクリスが、自分なら盗《ぬす》みに入るのに向いている手頃《てごろ》な貴族を探せると言い出したので、今日のところは解散してきたのだが……。

「いえ、人を理解しまとめるというのは大変な事だなと思いまして。とあるお姉さんにからかわれるわ、まともだと思っていた人が意外と過激だったりするわ、自称《じしょう》ライバルと喧嘩になるわ、小娘《こむすめ》が未《いま》だ虎視眈々《こしたんたん》と狙《ねら》っているのをあらためて知るわと、なんだか疲れてしまいまして」

普段《ふだん》は好き放題暴れる側なので、止める側に回るとこれほど疲れるとは思わなかった。

「よく分からんが大変そうだな。これを機会に俺の苦労も知るといいさ」

私はソファーでくつろぐカズマの隣《となり》に身を投げ出すと、その顔をジッと見上げた。

「おっ、どうした？　最近ギルドの女冒険者に評判の俺をジッと見て。お前もあいつらと同じく、今頃《いまごろ》になって俺の魅力《みりょく》に気が付いたのか？」

私が言うのもなんだが、アイリスはどうしてこの男に惹《ひ》かれるのだろう。

それがキメ顔のつもりなのか、眉根《まゆね》を寄せて斜《はす》に構えると、鼻の穴を膨《ふく》らませながらそんな事を。

「確かに最近、冒険者ギルドの女の人達に評判ですね。ちょっとおだてれば簡単に奢《おご》ってくれるチョロマさんと呼ばれてましたよ」

「あいつら覚えてろよ、今度会ったらスティールかけてやる」

ギリギリと歯を食い縛《しば》りながら、隣に私がいるにもかかわらず他《ほか》の女性へのセクハラを平気で口にするこの男。

私はどうしてコレに惹かれてしまったのだろう。

昼間の皆とのやり取りを思い出す。

アイリスやゆんゆんには色ボケと言ったが、あちこち気の多いこの男をなんだかんだで許せてしまうのは、私も十分色ボケているからなのだろうか。

基本的にぐうたらで、弱いクセに口が悪く、冒険者ギルドでは自分の功績を吹聴《ふいちょう》して謙虚《けんきょ》さの欠片《かけら》もない。

外見は普通《ふつう》、性格は立派な善人というわけではなく、悪人というほどでもない小心者。

「……なあ、本当にどうしたんだ？　そんなにマジマジと顔見られると、さすがにちょっと恥《は》ずかしいんだけど。なんなの？　お前俺の事が好きなの？」

そして根っからのスケベなクセに、こうしてちょっと見られた程度で動揺《どうよう》する。

それもちょっと好意をぶつけられただけで……、

「好きですよ。自分でも、なぜこんなにもあなたが好きなのかを真剣《しんけん》に考察していたんです」

「ふぁっ⁉」

そう、こんな風になる。

「お、お前、前々から何度も言ってるけど軽々しく突然そういう事言うなよ、心の準備とかが必要なんだよ。これからはそういう事言う際には、事前に手紙かなんかで何月何日の何時頃《ごろ》ってちゃんと予告しといてくれ」

「なんですか、そのムードもへったくれもない告白は。私は思うがままに常に言いたい事を言っているだけです。昨日カズマが言ったじゃないですか、相手の事を理解しろって。今はカズマの事を理解しようと考えていたんです」

真っ直《す》ぐ見つめて言ってやると、カズマはオロオロと挙動不審《ふしん》な動きを見せる。

そんな姿にクスリと笑《え》みが零《こぼ》れる中、

「カズマは私の事を理解してくれてるから上手に指示が出来るんですよね？　今、私が何を考えているか分かりますか？　二人きりの今、私があなたと何をしたいか分かりますか？」

「……セッ」

おい。

「いや待て、今のは違うノーカンだ！」

「この雰囲気《ふんいき》の中、乙女《おとめ》を前に何を言おうとしたのか聞こうじゃないか！」

私の瞳《ひとみ》の色を見て言葉を呑《の》み込みオロオロするカズマの姿に、何だか真面目《まじめ》に考えていた自分がおかしくなってくる。

そうだ、こんな用意周到《よういしゆうとう》に計画して襲撃するだなんて私らしくない。

皆をまとめるだとか、止めるだとか。

後の事を考えるだとか、こんなのはちっとも私らしくない。

いつだって私は全力だ。

一体何を悩んでいたのだろう。

「違《ちが》うんだよめぐみん、そういう問いかけはズルいと思うんだよ。アレだ、三択《さんたく》とかだと絶対分かる。もう一回俺にチャンスをくれ」

もし自分ではどうにも出来ない状況《じようきよう》になってしまったなら、いつも甘えてばかりで申し訳ないけど、またこの人に頼《たよ》らせてもらおう。

私は、まだバカな事を口走るカズマに向けて。

「いえ、もういいですよ」

もう怒《おこ》っていない事をアピールするように笑みを浮《う》かべた。

……だが、

「待ってくれ、俺が悪かったってば許してくれ！　もう一度真面目に考えるから！　……そうだな、いきなりアレは一足飛びしすぎたな。まずはキスとか……」

「もういいと言ってるじゃないですか！　というか声が大きいですよ！　台所にアクアとダクネスがいるんです、こんなところを見られたら……！」

と、言い掛《か》けたその時だった。

カズマの視線が私に向いていない事に気が付いたのは。

「あわわわわわわ……」

カズマの視線の先には、テーブルを拭《ふ》くために持ってきたのか、布巾《ふきん》を両手で握《にぎ》り締《し》め、廊下《ろうか》の陰《かげ》から顔だけを覗《のぞ》かせるアクアの姿が。

アクアはこちらを凝視《ぎょうし》したままおののきの表情で後ずさると……、

「ねえダクネス、大変よー！　カズマとめぐみんが赤い顔してくっつきながら、なんかキスがどうだの言ってるんですけどー！」

報告に行こうとするアクアを慌《あわ》てて止めた。

7

翌日。

アジトに集まった面々の前で、私はマントをバサッと翻《ひるがえ》し。

「今日の私は気合い十分。天気も快晴でカチコミには良い日です！」

決めポーズと共に、愛用の杖《つえ》を手に取った。

「ねえ、一応聞いておくけど私達悪い貴族のお屋敷《やしき》にこっそり盗みに入るんだよね？　カチコミって何？　意味分かんないけどなんだか物騒《ぶっそう》な響《ひび》きに聞こえる……」

ゆんゆんが不安そうな顔で言ってくるが、

「カチコミはカチコミです。カズマに教えてもらった言葉ですが、襲撃《しゅうげき》の際に使う用語だとか。とりあえず貴族邸《てい》に行ってみて、後はノリと勢いだけで決めましょうか」

「ねえ、盗賊《とうぞく》団なのよね？　私達は強盗《ごうとう》団じゃなく盗賊団なのよね!?」

私は肩《かた》を摑《つか》んで揺さぶってくるゆんゆんを尻目《しりめ》にクリスに尋《たず》ねる。

「それで、昨日言っていたカチコミに値《あたい》する貴族の目星は付きましたか？」

「う、うん、一応はね。ゆんゆんじゃないけど、盗みに入るんだよね？　強盗するんじゃないんだよね？」

若干《じゃっかん》ビクビクしながらも、アジトに集まった面々の前でクリスが一枚の地図を出す。

それはアクセルの街周辺の地図。

クリスは街の外にある森を指差すと。

「えっと、実はこの辺りにとある貴族の別邸《べってい》があるんだよね。で、そこでちょっとおかしな事が起こってるのさ」

クリスの話では、その家の周辺でなぜか、アクセルの街近くでは見られない様な強いモンスターの目撃情報があるそうな。

「それは冒険者《ぼうけんしゃ》ギルドの管轄《かんかつ》じゃないのですか？　最近、アクセルの冒険者達は大物賞金首を何度も狩《か》って小金を稼《かせ》いだせいで、ちっとも働かなくなったと聞きます。そのせいで、弱いモンスターを餌《えさ》にする大物が引っ越《こ》してきたとか？」

私の言葉にクリスは複雑な表情で首を振《ふ》り。

「そうかもしれないし、そうじゃないかもしれない。っていうのも、その家でとある神器が使われてるかもしれないんだよ」

その神器とは、モンスターをランダムに呼び出し、使役《しえき》するという強力な物。

それが本当ならまさしく神器と呼ぶに相応《ふさわ》しいが……。

「そんな凄《すご》い代物《しろもの》を、こんな聞いた事もない貴族が手に出来るものでしょうかね？　途方《とほう》もない値が付けられてもおかしくないと思うのですが」

「それがね、実はその神器は誰《だれ》にも見付けられないように、凶悪《きょうあく》な大物賞金首が眠《ねむ》っていた湖の底に沈《しず》められ、封印《ふういん》されていたんだよ」

凶悪な大物賞金首。

……最近アクセルの街近くの湖で、そんなのが討伐《とうばつ》された記憶《きおく》がある。

「そう、クーロンズヒュドラと呼ばれたあの賞金首モンスターだよ。あの地はヒュドラに魔力《まりょく》を吸われて、水も汚染《おせん》されてたんだよね。そんな土地には誰も寄り付かないだろうと、そこに神器を封印したそうなんだけど……。湖周辺の緑化速度が思ったよりもずっと早く、人が行き来する様になっちゃってね。で、神器を封印したその人が、もっと安全な場所に移そうと湖の底をさらってみたらしいんだけど……」

「なるほど。すでに何者かに持ち去られていた、と」

そして今回の強いモンスターの目撃情報。

それに、考えてみれば外壁《がいへき》で囲まれた街の中ではなく、そんな場所に屋敷を作るというのもおかしな話だ。

モンスターはランダムに呼び出されるとの事らしいし、気に入らないモンスターが現れた場合は、そのまま森の中に放っているのかもしれない。

「それにね、その神器なんだけど……。なぜか悪徳貴族の手に渡《わた》る事が多くてね、以前の持ち主はアルダープっていう領主のおじさんだったんだよ」

ダクネスにずっと固執《こしつ》し、行方《ゆくえ》不明になったあの人か。

「その様な危険な神器は、王家としても放置しておくわけにはいきませんね。お頭様《かしらさま》、ぜひその家に向かいましょう！」

「ねえイリスちゃん、今王家としても放置できないって言った？」

「言ってません」

真顔になっているゆんゆんの視線にアイリスがじりじりと後ずさる。

と、それまでソファーに腰掛《こしか》け、大人しくお茶を啜《すす》っていたセシリーが。

「使える……。その神器とやらは使えるわね。モンスターを呼び出し、暴れさせたところにアクシズ教徒が颯爽《さっそう》と駆《か》けつける。ええ、それだけで入信者は倍増するんじゃないのかしら！」

なるほど、こういう感じで悪用される場合もあるのか。

ますます放置しておける神器ではなさそうだ。

というか、これは結構ヤバい話なんじゃないだろうか。

話の規模が大きいというか、私達の手に負えなさそうというか、既《すで》に大事件の前兆の様な気がする。

だが……。

「確か、危険な神器の回収は銀髪《ぎんぱつ》盗賊団の目的の一つだったはずです。まずは、その家に行ってみましょうか！」

──それはまだ建てたばかりなのか、汚《よご》れも見られない小さめの屋敷。

モンスターに対する備えなのか、屋敷の外側は頑丈《がんじょう》な鉄の柵《さく》でぐるりと囲われ、内側にも数々の罠《わな》が仕《し》掛《か》けられていた。

うん、そこまではいいのだが……。

「何だかえらい事になってますね」

「ねえ、そんな事言ってる場合じゃないでしょ!?　早く助けに行かなくちゃ！」

私達が襲撃を予定していたその貴族邸は、今まさに、多数のモンスターの襲撃を受けていた。

「あちゃー、神器で使役出来ないモンスターを呼び出しちゃったのかな？　でも、それならモンスターの群れに襲《おそ》われてるのはおかしいね」

隣《となり》のクリスが冷静に観察する中、アイリスが剣《けん》を抜《ぬ》き、

「なんにせよ、救援《きゅうえん》に向かった方が良いのではありませんか？　警備の方達だけでは厳しいと思いますが……」

そう言って、私の指示を仰《あお》いできた。

見れば警備の人達が柵の内側から槍《やり》や弓を使って応戦している。

だが……、

「いえ、お姉さんに考えがあるわ。ここは放置するべきよ！」

セシリーが突如《とつじょ》そんな事を言い出した。

「そうだね。盗賊団としてなら、ここはちょっとだけ様子見が正解だね。本当に神器を持ってるなら、モンスターを使役しようとそれを持ち出してくるはずだから」

と、クリスまでもが賛同する。

「エリス教徒にしては意見が合うわね！　そう、このままギリギリまで放置して警備の人達がピンチになった頃《ころ》、助けられそうなら恩着せがましく助けるのよ！　その頃にはモンスターの数も減って楽に救助が出来るしね！」

「違うよ、あたしはそんなつもりで言ったんじゃないよ！　盗賊団として事を成すため、神器の有る無しを確認《かくにん》するにはそっちの方がいいってだけで……！」

慌てるクリスにセシリーがうんうん頷《うなず》き、

「そして、助けた見返りにその確認した神器とやらを請求《せいきゅう》するのね。さすがはエリス教徒、考え方が悪辣《あくらつ》ね！　でも嫌《きら》いじゃないわよそういうの！」

「ちちち、違……！　あたしはギリギリまで助けないとは一言も……！」

クリスの言っている事は理解出来る。

確かに、神器とやらを本当に持っているのならピンチになれば使うだろう。

わざわざ危険を冒《おか》してまで貴族邸に侵入《しんにゅう》し、所在を確かめる手間も省ける。

「クリスがそんなに冷酷《れいこく》な人だとは思いませんでしたが、まあ悪くない手ではありますね」

しかし。

「めぐみんまで!?　違うよ、ねえ聞いてよ二人とも！」

「だから言ったんだ、こんなところに住むのはやめましょうって！」

「今更《いまさら》言っても仕方ないだろう、お嬢様《じょうさま》のいつものワガママなんだから！」

柵の中から聞こえてくる警備の人達の声を聞き、ゆんゆんとアイリスが困り顔で私を見る。

「お嬢様はどこに!?　せめて、お嬢様だけでも逃《に》がさないと……」

「先ほどから姿が見えないんだ、だからここから逃げ出す事すらできやしない！」

なおも聞こえてくるその声に。

「あの数のモンスターを相手にすれば、私達といえど無傷では済まないかもしれません」

「めぐみん……」

静かに告げる私に向けて、ゆんゆんが小さく呟《つぶや》いた。

それには答えないままで、貴族邸を襲うモンスターから視線は離《はな》さず、私は静かな声でなおも続ける。

「そして、私は盗賊団の頭であり、なるべく皆《みんな》を危険に晒《さら》さない責任というものがあります。あなたも知能の高い紅魔族《こうまぞく》なのですから、このまま放置して様子を見るのが賢《かしこ》い選択《せんたく》だと理解出来るでしょう」

ゆんゆんもその事はもちろん理解しているのか、何も言えなくなりシュンとなる。

隣ではアイリスが抜《ぬ》き身の剣を携《たずさ》えたまま、貴族邸と私の間で、視線をいったりきたりとさまよわせている。

私はそんな二人に背を向けて、一歩前に踏《ふ》み出した。

「ですが私は、盗賊団の頭の前に冒険者です。いつか魔王を倒《たお》そうと考えている私が、モンスターごときを前に様子見なんて出来るはずもありませんね」

そう言って杖《つえ》を構える私の後ろで、クスッという小さな笑い声。

「そっか。めぐみんは盗賊団なんかやるよりも、冒険者の方が向いてるよ」

そんな、褒《ほ》めている様に聞こえない、でもどことなく嬉《うれ》しそうなクリスの言葉を聞きながら、私は詠唱《えいしょう》を開始する。

憧《あこが》れのあの人達みたいになりたかったけど仕方がない。

モンスターを前に様子見なんて、私に出来るわけがない。

「めぐみん、撃《う》ち漏《も》らしたモンスターは任せなさい。私が全部かたづけてあげるから！」

詠唱する私の右後ろで、ゆんゆんが嬉々《きき》としてワンドを構える。

この私が撃ち漏らす事を想定するだなんて、なかなか良い度胸じゃないか。

「魔法を放てばモンスターに気付かれます。こちらに向かってくる相手は、私《わたくし》にお任せを！　今日は私がお頭様を守る盾《たて》になります！」

この子が一番守られなくてはいけない立場だと思うのだが、こちらのそんな心配もよそにアイリスが私の左後ろで剣を構えた。

「それじゃあお姉さんは一番後ろで応援《おうえん》してるわね！　怪我《けが》した子はじっくりたっぷり癒《い》やしてあげるからちゃんと言うのよ！」

こんな時でもブレないセシリーに、皆の頬《ほお》が思わず緩《ゆる》む。

クリスが私の背中を庇《かば》う様に、ダガーを抜いて。

「それじゃあ、あたしもたまには頑張《がんば》るかな。盗賊《とうぞく》の強さを見せてあげるよ。それじゃあめぐみん、いってみようか！」

本格的に盗賊団をやるのは、もう少し後でもいいかもしれない。

たとえばそう、魔王が倒されて平和になってからとかでも。

「ほら、初撃はあんたに譲《ゆず》るから、お頭の本気を見せてみなさいよ」

そんな挑発的《ちょうはつてき》なゆんゆんの言葉を聞きながら。


「『エクスプロージョン』――ッッッ!!」

私は全力で魔法を放った――――！

8

歩ける程度に魔力《まりょく》が回復した私がとぼとぼとした足取りで屋敷《やしき》に帰ると。

「おかーえり！　ねえめぐみん、聞いてちょうだいな！　今日は久しぶりの霜降《しもふ》り赤ガニよ！　私達がこの屋敷に引っ越《こ》して来た頃を思い出すわね！」

アクアが満面の笑《え》みを浮《う》かべながら、手にしたカニのハサミをちょきちょきさせて出迎《でむか》えてくれた。

「それはまた豪勢《ごうせい》ですね。人生で二度も霜降り赤ガニが食べられるとは思いませんでした」

魔力が足りない気怠《けだる》い体を引きずる様にしながら、私はソファーに倒れ込む。

「また今日はいつにも増してぐったりしてるな。ここからでも爆音《ばくおん》が聞こえたけど、今日のは気合いが違《ちが》ってたな。この目で見てないけど、今日の爆裂《ばくれつ》魔法には九十五点をくれてやろう」

テーブル席でソワソワしながらカズマがそんな事を言ってくる。

「それはそうとめぐみん、今日はなんだかスッキリした顔をしているな。何か良い事でもあったのか？」

ダクネスが煮立《にた》った鍋《なべ》をテーブルの上に置きながら、優《やさ》し気な顔で尋《たず》ねてきた。

「今日は、自分が一番やりたい事がなんなのかハッキリしましたからね。きっとそれが原因でしょうね」

「お前のやりたい事って爆裂魔法を撃つ事以外に何かあんのか？」

せっかくの高揚《こうよう》した気分にカズマが余計な口を挟《はさ》んで水を差す。

いい加減私を爆裂魔法だけの女だと考えるのはやめてほしいところだ。

今日にしても、皆をまとめて貴族邸《てい》に行き、なぜかモンスターに襲われていたところを助けるため、爆裂魔法を放っただけで——

「……あれっ？　今日の私って爆裂魔法を撃っただけでしょうか？」

「いきなりどうしたんだ？　って言うか、今さらどうしたんだって言うか。お前はいつも爆裂魔法を撃つだけだろ？　そもそもお前から爆裂魔法を取ったら、後はロリ成分しか残らないじゃないか」

疑問に思っている私に向けて、カズマがとくとくとお酒をグラスに注ぎながら、よりにもよってロリ呼ばわりしてきた。

「なら、私にちょこちょこセクハラしたりするカズマはロリコンですね。冒険者《ぼうけん》ギルドにロリマの名を広めてくれます」

「や、止《や》めろよ、俺を巻き込んで自爆するのは。お前にもロリっ子の名が正式に付くんだぞ」

そんな私達をよそに、アクアが早速《さっそく》カニを七輪に載《の》せて焼き始める。

「まったく、二人ともカニを前にして喧嘩《けんか》するだなんて何考えてるの？　私みたいに穏《おだ》やかに落ち着きを持って生きられないのかしら」

「お前、さっきダクネスの父ちゃんからカニ貰《もら》った時は、大喜びで跳《は》ね回って、ソファーに足ぶつけて泣いてたじゃないか」

食事の前に手を洗いに行きたいと考えていると、テーブルに鍋を置いたダクネスが、私の下《もと》に来て肩《かた》を貸し。

「何があったのか知らないが、今日は特にご機嫌《きげん》だな。食事の時にでも今日は何をやっていたのかを聞かせてくれないか？　最近のめぐみんはとても楽しそうだ」

そう言って笑いかけてきた。


——結局、あの時助けた貴族だが、一言で言えば最悪だった。

私達がモンスターを駆逐《くちく》した後、一人屋敷の外に逃げ出していたらしい、私達とあまり変わらない年のお嬢様が現れた。

別に助けてくれと言ったわけじゃないと、礼を要求したわけでもないのに突然《とつぜん》そんな事を言われてしまった。

魔力切れで動けない状態でなければ、思わず襲《おそ》い掛《か》かっていたところだ。

あの貴族の屋敷がなぜモンスターに襲われていたのか。

そもそもなぜあんな所に家を建てていたのか。

まだ疑問は残るものの、クリスが、それらの事はいずれ解決するだろうと言っていた。

というのも、あの貴族の邸宅《ていたく》を銀髪《ぎんぱつ》盗賊団も狙《ねら》っているらしい。

なぜクリスがそんな事を知っているのか気になったが、これも盗賊同士の情報網《じょうほうもう》というやつなのだろう。

「ダクネスが良い事言った。実は、俺もめぐみんが最近何やってるのか気になってたんだよ。またおかしな事やらかしてないかと思ってさ」

カズマがジリジリと焼けるカニから目を離さないまま尋ねてくる。

「私は知ってるわよ、セシリーから聞いたんだから。なんでも、美少女の出汁《だし》を取ってそれであぶく銭《ぜに》を稼《かせ》ぐ方法を思い付いたとか言ってたわ」

カズマやダクネスからの、まさかいかがわしい商売でも始めたのかという視線を浴びながら。

「皆にはちゃんと、何をしていたのか教えてあげますよ。別にいかがわしい事なんてしてませんから。……本当ですよ。本当ですから！　だからその目を止めてもらおう！」

皆《みな》に慌《あわ》てて弁解しながら今日の事を思い出す。

なんとも締《し》まらない結果だし多少悔《くや》しさが残るものの、憧れのあの人達が、私達の代わりにリベンジしてくれるのならそれもいいかと思えてしまう。

でも、願わくば。

「あれは、花火大会の夜の事でした。警察から解放された私が一人、屋敷へと帰っていると――」

いつか憧れのあの人達に、もう一度会えますよう――

最終話
逆襲する盗賊団

1

それは俺達が隣国《りんごく》エルロードに出向き、その後色々あってからアクセルに帰って、しばらくが経《た》ったある日の事。

「ここがドネリー家の屋敷か。なんでこんな辺鄙《へんぴ》なところに建てたのか分からないが、それなりに立派な家じゃないか」

俺達は、アクセルの街近くの森の中にぽつんと建った、ドネリー一族という貴族の家にやって来ていた。

屋敷を見上げて呟《つぶや》く俺に、相手が貴族という事で今日は礼装姿のダクネスが、こくりと頷《うなず》き。

「ドネリー家は昔から商売に力を入れている貴族でな。家格は低いものの、資金面では当家を凌《しの》ぐほどの一族だ。だが、ここの当主である娘《むすめ》がいけすかないヤツでな。家格は下の成り上がり者のクセに、社交界で顔を合わせる度《たび》に言葉の端々《はしばし》に当家の事を金のない貧乏《びんぼう》貴族だと見下す発言ばかりするのだ！　カズマ、この依頼《いらい》には裏があるかもしれん。気を付けろよ？」

貴族仲が悪いのか憤《いきどお》っているダクネスの隣《となり》では、同じくドレスを着せられたアクアがなぜか同じく声を荒《あら》らげ。

「私ドネリーって知ってるわ！　お小遣《こづか》いがなくなってこの家が経営してる金融《きんゆう》業者にお金を借りに行った時、アクシズ教徒には貸せませんって追い払《はら》われたの！」

「お前、俺がいないとこでそんな事してやがったのか。……まったく、エルロードで眠《ねむ》り薬を盛って俺の貞操《ていそう》を奪《うば》おうとしたダクネスといい、お前といい、ここんとこ大人しくしてるめぐみんを見習えよ」

「ッ!?」

俺の言葉にめぐみんが、ビクッとその身を震《ふる》わせた。

「……おい。お前最近、何かやった？」

「やってません」

目を逸《そ》らしながらもキッパリ言い切るめぐみんに、こいつ絶対何かやったろと確信しながら、

「カ、カズマ……。薬を盛ろうとした事は謝るから、もうあの件は忘れてなかった事にしないか……。その、お互《たが》い気恥《きは》ずかしいし不名誉《ふめいよ》だろう？　な？　その、帰ったら美味《おい》しいワインを奢《おご》るから……」

「ねえカズマ、この家はダメよ、断りましょう！　アクシズ教徒を毛嫌《けぎら》いする家だなんてロクなもんじゃないわ！」

やかましい二人をおいて、屋敷《やしき》のドアをノックした——


——俺の下に手紙が届いた。

というのも、アクセルの街において最も高名な冒険者である俺に、ある依頼をしたいというのだ。

隣国エルロードでまた一つ伝説を作ってしまった俺に縋《すが》りたいという気持ちは分かる。

だが俺も、日々魔王《まおう》軍に備え武器を磨《みが》き体を鍛《きた》えたりと、何かと忙《いそが》しい身。

その様な依頼は本来断る事にしていたのだが、今回は貴族が相手だ。

既《すで》にたくさんのコネがある俺だが、権力の素晴《すば》らしさを知った今、新しい繋《つな》ぎを作っておくのも悪くない。

そう思い、依頼を請《う》ける事にしたのだが……。

「初めまして。私はドネリー家の当主を務めております、カレンと申します」

通された応接間で挨拶《あいさつ》をしてきたのは、俺より少し上ぐらいの年の赤毛の少女。

俺と同じぐらいには背が高く、スラッとしたモデル体型の美女だった。

「あなたがサトウカズマ様ですね？　本日は当家の願いをお聞きくださり、ありが……」

カレンと名乗ったその人は、こちらを見るなり動きを止めた。

いや、正確には俺の背中に身を隠《かく》す様にしているめぐみんを見て。

「……失礼、少々お待ちください」

「は、はい……。それは構いませんが……」

未《いま》だに俺の背中で縮こまっているめぐみんの首根っこを掴《つか》み、一旦《いったん》応接室から廊下《ろうか》に出ると、

「お前、あのカレンって人と何があった？　言え」

「何の話ですか？　あの方とは初対面ですし何もありません……分かりました、言いますからドレインタッチはやめてください！　今日の分の爆裂《ばくれつ》魔法が撃《う》てなくなります！」

この屋敷に着いた時から様子がおかしかっためぐみんは、俺が近付けた右手を警戒《けいかい》したまま口を開く。

「……実は、以前この家がモンスターに襲われていたところを、私の仲間と共に助けた事がありまして――」

めぐみんがなぜこんな森の中にいたのかは知らないが、聞かされた話は別に隠す様な内

容ではなかった。

「なんだよ、モンスターを倒《たお》した際に爆裂魔法で屋敷の一部を破壊《はかい》したとか、モンスターと一緒《いっしょ》に警備の人達も一掃《いっそう》したとかそんなおまけが付いてくるかと思ったよ」

「いえ、そういった事は特にないのですが……」

だというのに、なぜか言葉を濁《にご》すめぐみんに。

「やましい事がないなら胸を張ればいいじゃないか。なんだ、俺達に隠れてモンスター討《とう》伐《ばつ》なんてやってたから気にしてるのか？　心配にはなるが、聞いた感じだとその仲間とやらも弱くはないんだろ？」

「ええ、そこそこ強い下っ端《ぱ》と、友達のいない紅魔族《こうまぞく》。あとは、アクシズ教のプリーストと盗賊《とうぞく》ですね」

よく分からないパーティー構成だが友達のいない紅魔族《こうまぞく》というのはゆんゆんの事だろうし、あの子が付いてるならあまり心配もいらないだろう。

「それなら何も問題ないよ。経験値稼《かせ》ぎも大事だしな、俺も暇《ひま》な時なら付き合ってやるからさ」

「カズマは毎日暇じゃないですか。まあ、付き合ってくれるというのならカズマも仲間に入れてあげましょう。きっと驚《おどろ》きますよ？」

よく分からないが、なんか楽しそうで何よりだ。

俺はめぐみんを連れて再び応接室のドアを開け……、

「謝って！　アクシズ教徒にはお金を貸せないって追い払った事、ちゃんと私に謝って！」

「も、申し訳ありません。その、従業員に代わり、謝罪をさせて頂きます……」

カレンに謝らせているアクアと、その隣で真っ赤な顔を両手で覆《おお》い隠すダクネスを見て、このまま帰りたくなった。

2

「――屋敷周辺をさまよう、モンスター達の駆除《くじょ》ですか」

「はい。この街でも腕利《うでき》きと名高い、サトウ様のパーティーであればこちらとしても安心して依頼できますので……」

憤っていたアクアにお茶菓子《ちゃがし》を与《あた》えて落ち着かせ、あらためて依頼説明を受けたのだが。

「まあそれほどでもありますが。しかし随分《ずいぶん》と高額な報酬《ほうしゅう》ですね？　これは、それだけ俺達を買ってくれていると受け取っていいんですよね」

「おい、もうちょっと謙虚《けんきょ》になれないのかお前は。それに最初に言っただろう、この家の依頼は裏があるかもしれないから気を付けろと……」

真面目《まじめ》な顔で話を聞く俺の腹に、ダクネスが囁《ささや》きながら肘《ひじ》を入れる。

そうは言うが俺達の功績を考えるに、今までの評価の方が不当であり、これこそが正しい扱《あつか》いなのだ。

カレンはといえば、ちょっとだけ胸を張った俺の手を、いきなり両手で握《にぎ》り締《し》め。

「もちろんですサトウ様、ご高名はかねがね伺《うかが》っておりますわ。数多《あまた》のスキルと素晴らしい機転により、多くの魔王軍幹部を翻弄《ほんろう》したと言われるサトウ様。そしてそのお仲間も、アークプリーストとアークウィザードという、上級職で固められているとか……！」

「まあそれほどでもありますね。俺がいなければ今頃《いまごろ》この街はどうなっていた事か……」

俺の手を握ったままこちらを上目遣《うわめづか》いに見上げてくるカレンの言葉に、少しだけ気恥ずかしく思いながらも更《さら》に胸を張ってみる。

と、そんな俺の隣で呆《あき》れた表情を浮《う》かべていたダクネスが。

「……おい、カズマのパーティーにはこの私も所属しているのだが」

なんだか目を据《す》わらせながら、ぽつりと言った。

「あら、今日は懇意《こんい》にしている殿方《とのがた》を私に取られまいと、ノコノコ付いて来ただけだと思っていたのですが……。ダスティネス様が冒険者《ぼうけん》の真似事《まねごと》をしているとの噂《うわさ》は本当だったのですか。家柄《いえがら》だけが取り柄《え》の、お金の無い家の方は何かと大変ですねえ」

カレンは俺の手に絡《から》めていた指をするりと解き、そんなダクネスに笑いかける。

「ほう、これはまた面白《おもしろ》い事を言うな。さすがは金で成り上がった貴族なだけはあり、礼儀《れいぎ》と慎《つつし》みを知らぬと見える。金のためなら体でも売りそうな、名も軽ければ責任もない成り上がりと違《ちが》い、重鎮《じゅうちん》である当家には貴族の義務というものがあるのでな。こうして、体を張って庶民《しょみん》の盾《たて》となっているのだ」

身を縮めて俺を肘でつついていた時とは打って変わり、ダクネスはゆったりと背を伸《の》ばし、優雅《ゆうが》さと威厳《いげん》を放ちながら微笑《ほほえ》み返した。

……えっ、なにこれ怖《こわ》い。

「あらあら、さすがはダスティネス様。その貴族の義務とやらのため、社交界で何度も同じドレスを着回すほど困窮《こんきゅう》なされるとは感動いたしましたわ。私のお古でよろしければ、何着かドレスをお持ちになってはいかがですか？」

目がちっとも笑っていないカレンがそう口にすると、ダクネスも口元をひくつかせながら、

「さすが毎回ドレスを使い捨てにする家は、体形だけではなく心意気までも太っ腹だな。

だが、アレは金がないわけではなく、母の着ていたドレスを好んで着ているだけなのでお構いなく。それに……」

そう言って、見せつける様に胸の前で腕《うで》を組むと。

「貴公のお古のドレスとなると……。……胸回りがどうやっても入らないだろうし」

喩《たと》えでもなんでもなく、その場の空気が止まった気がした。

……なにこれ、本当に怖い。

もう帰りたいんだけど。

テーブルを叩《たた》いてバンという音を立てながら、カレンが突然《とつぜん》立ち上がる。

「もう一度言ってごらんなさいな、体だけが取り柄のダスティネス！　殿方は私の様なスレンダーな方が好みなのよ!!」

「ほう、たまに出席する社交界では貴公より私の方が殿方の視線を集めている様だが、アレは気のせいか？　胸回りが大きくなる度《たび》にドレスを直すのが大変でなあ。ドネリー殿《どの》も、毎回ドレスを買い替《か》えているのはそれが理由なのだろう？」

ダクネスも同じく立ち上がり、胸の下に組んだ腕で、見せつける様にソレを持ち上げて。

「ああ、重い重い……。冒険者をやって鍛えてなければ、重くてとても支えきれないな」

「こ、この女！」

カレンは歯ぎしりしながらダクネスを睨《にら》みつけるが、当の本人は困った様にわざとらしく眉《まゆ》を寄せ、

「ドネリー殿はコレを羨《うらや》ましそうに見ているが、大きくても良い事などないのだぞ？　重いし肩《かた》が凝《こ》る上に、着られる服も限られてくる。鎧《よろい》も特注品にしなければならず、殿方の視線もこの様に……。お、お前、見てくるとは思ったが一切《いっさい》の遠慮《えんりょ》がないな……」

持ち上げられたソレをガン見していた俺に、そのまま軽く後ずさった。

「痛っ!?　お、おい何をする、別にめぐみんを挑発《ちょうはつ》したのでは……！　悪かった、髪《かみ》を引っ張るのはやめてくれ！」

そしてなぜかめぐみんに後ろ髪《がみ》を引っ張られはじめたダクネスの姿に、カレンは少しだけ溜飲《りゅういん》を下げた様に息を吐《は》くと。

「え、ええと……。それで、この依頼《いらい》は請《う》けてもらえますか？」

取り繕《つくろ》った笑《え》みを浮かべ、俺に問いかけてきた。

3

翌日。

依頼を請ける事にした俺達は、装備を整え再び屋敷《やしき》の近くにやって来ていた。

屋敷周辺に突然現れた、強いモンスター達の駆除。

それが、今回俺達が請けた依頼なのだが。

「でも、どうしてこんな所にだけ強いモンスターが湧《わ》くのかしらね？　何か美味《おい》しい餌《えさ》でも生えてるのかしら。ていうか私、何だか嫌《いや》な予感がするんですけど。今日は帰ってまた別の日にしない？」

俺達は、屋敷周辺をモンスターの姿を求めて巡回《じゅんかい》していた。

「お前、こないだ雨の日に夕飯の買い物に行かせようとしたら、そん時も嫌な予感がするから外に出ないって言ってゲームしてたろ。っていうか、モンスターってそうそう生息環《かん》境《きょう》を移すもんなのか？　依頼を請けたものの、討伐《とうばつ》対象は屋敷周辺の強いモンスターって漠然《ばくぜん》としてるんだけど。相手がアンデッドなら、おびき寄せるのに丁度いい餌があるんだが……」

「ねえ、一応聞くけどその餌って私の事じゃないわよね？」

くいくいとアクアが袖《そで》を引いてくるが、もちろん答えるまでもない。

……しかし。

「お前があんな事を言うとは思わなかったよ。お淑《しと》やかな貴族の令嬢《れいじょう》の肩書《かたが》きがとうとう消え失せた瞬間《しゅんかん》だったな。何だったたか、『私の方が殿方の視線を集めている様だが』だったか？　何だよ、お前社交界ではそんな視線に晒《さら》されてまんざらでもなかったんだな」

「ち、ちが……！　そうではない、ああいった場ではそういう視線を使った貴族の駆《か》け引き的な物もあって……」

俺の言葉に慌《あわ》てるダクネスに、

「そうですね。それに胸を張ったり寄せたりと、あんなに挑発的なダクネスは初めて見ました。なるほど、私達が知らないだけであんな事も出来たのですね。何でしたっけ、『ああ、重い重い……。冒険者をやって鍛《きた》えてなければ、重くてとても支えきれないな』でしたか。また随分と自信満々な顔でしたね」

めぐみんがそんな追い討《う》ちをかけ、顔を赤くしたダクネスが早足になる。

腰《こし》に下げていた剣《けん》を抜《ぬ》き、森の茂《しげ》みに八つ当たりするかの様に、バサバサと払《はら》い出したその時だった。

「ん？　おいちょっと待て」

俺が危機感知スキルで微《かす》かな気配を感じ取り、ダクネスのマントを引いたその瞬間。

「なんだカズマ、これ以上辱《はずかし》める気なら私にも……」

そこまで言い掛《か》けたダクネスの大剣が、キンという澄《す》んだ音と共に宙を舞《ま》う。

そのままダクネスが進んでいれば、今頃は自らが大剣の場所にいたはずだ。

その事に気付いたダクネスが半ばから折られた剣を捨て、俺達を庇《かば》う様に両手を広げる。

だが目の前の茂みには何かが潜《ひそ》んでいる様子もない。

こういう場合は……、

「上から来るぞ！　気をつけろ！」

俺は頭上に素早《すばや》く視線を向けて、ダクネスの背中を突《つ》き飛ばした――！


――そこは、今ではすっかり見慣れた白い部屋。

俺の目の前には、どことなく困り顔で何か言いたそうなエリスが立っていた。

「……あの」

「……すいません。今は何も言わずそっとしといてもらえませんか？」

俺はその場に座り込むと、顔を隠《かく》す様に膝《ひざ》を抱《かか》えた。

真面目《まじめ》な顔して大声で上から来ると宣言した瞬間を思い出すと、恥《は》ずかしさのあまりいっそ死んでしまいたい。

……いや、本当に死んでしまったのだが。

「普通《ふつう》あの状況《じようきよう》なら上から来るだろ……」

そう、見上げた先には何もいなかった。

前にはおらず、左右にも影《かげ》はない。

となれば、後は。

「下から出て来るとかふざけんなよ。俺、もうこの世界ヤダ……」

突如《とつじよ》地面から這《は》い出して来た蟻地獄《ありじごく》みたいなモンスターに、ダクネスを突き飛ばした俺は——


「……エリス様。ひょっとして笑うのを我慢《がまん》してませんか？　我慢しなくていいですよ」

「ませんよ⁉　我慢なんてしていません、大丈夫《だいじようぶ》です！　いえ、大丈夫というのもおかしいですね、人が死んだというのにその様な不謹慎《ふきんしん》な事致《いた》しませんから！」

皆《みんな》に大声で警告したにもかかわらず、逆方向から襲《おそ》われたのは恥ずかしすぎる。

エリスは真剣《しんけん》な顔を崩《くず》さず、それでも小刻みに肩を震《ふる》わせるという器用な事していた。

「まあいいですけど……。というか、なんでアクセルの街の近くにあんなのがいるんですかね？　俺もこれでそこそこなレベルの冒険者《ぼうけん》なんですが一撃《いちげき》ですよ？」

それを聞いたエリスは、肩を震わせるのをピタリと止めて。

「その事に関してですが……。カズマさん。今晩空いてますか？」

真剣な顔のまま、俺をジッと見つめて言ってきた。

「空いてると言えばまあ毎日いつでも空いてますが。なんですか、夜這《よば》いですか？　俺なら今でも構いませんよ」

「違《ちが》います、神器探しの協力要請《ようせい》です！　神をからかうと罰《ばち》が当たりますよ！」

なあんだ、いつものやつか。

「そっちでも別に構いませんが……。え、ひょっとしてこれって神器が絡《から》んでるんですか？」

幾分《いくぶん》ガッカリトーンの俺の言葉に、エリスはゆっくり首を振《ふ》り。

「いいえ、まだ分かりません。……ですが、懸念《けねん》を抱《いだ》いている事があります」

——それは、元はアルダープという領主が持っていた神器。

ランダムに呼び出したモンスターを使役《しえき》する事が出来るというアイテムで、それを回収したクリスが湖の底に封印《ふういん》したはずなのだが……。

「クーロンズヒュドラが住み着いていた湖周辺は、大地が魔力《まりょく》を失ったせいで当分の間は人が住めないままだと思っていたのですが……。なぜか予想以上に魔力の回復や緑化が早く、そのおかげで住人達が開拓《かいたく》を始めたのです。それで、街の人達に神器を見付けられる前に場所を移そうと、湖の底をさらったのですが……」

「既《すで》に何者かに持ち去られ、見付からなかった、と」

「はい……」

普段《ふだん》、優《やさ》し気な笑みを浮《う》かべるか真面目《まじめ》な顔しか見せないエリスがシュンとする。

なるほど、そこにきて今回の突然どこからともなく湧いた強いモンスター騒《さわ》ぎ。

カレンというあの貴族は金だけはあると聞くし、神器を手に入れた可能性も高い。

街から離《はな》れた森に屋敷を構え、ガチャ感覚でモンスターを呼び出し、ハズレが出たらそのまま放っていると考えるのが妥当《だとう》だ。

……それにしては神器が失われた時期と、カレンが森の中に屋敷を建てた時期が合わない気もするが、ここは魔法がある異世界だ。

エルロードに行く道中にダクネスが見せた、インスタント食品みたいに簡単に出来る魔法の屋敷でも使ったのかもしれない。

駄目《だめ》な方の女神《めがみ》と違ってエリスがミスを犯《おか》すとは珍《めずら》しいが、この世界で俺が唯一《ゆいいつ》尊敬し、憧《あこが》れているお頭《かしら》だ。

「いいですよ。要はあのカレンって人の家に神器がないか調べるんでしょう？　付き合いますよ」

俺が二つ返事で引き受けると、パアッと表情を輝《かがや》かせた。

それからエリスは、なぜか少しだけいたずらを思い付いた子供みたいな顔をすると。

「今夜はカズマさん以外にも助っ人《と》を連れていく予定です。それが誰《だれ》かは……内緒《ないしょ》です」

そう言って、楽し気に人差し指を唇《くちびる》に当てた。

4

「――上から来るぞ！　気をつけろ！　って有名なセリフを叫《さけ》びながら、下からやられたカズマさん、お帰りなさい！」

蘇生《そせい》早々良い笑みを浮かべる、ミスばかり犯すこの女神を引っ叩《ぱた》いてやりたい。

俺はアクアに膝枕《ひざまくら》されていたらしく、身を起こしながら辺りを見回す。

「目覚めたかカズマ。今回はその……助けてくれてありがとう。私が盾《たて》になるのが本来なのに、すまなかったな」

鎧《よろい》をあちこちへこませながら、荒《あら》い息のダクネスがこちらに寄り添《そ》い跪《ひざまず》く。

見れば、蟻地獄みたいなモンスターは鋭《するど》い顎《あご》をへし折られ、強い力で締《し》め上げられたかの様にひしゃげていた。

このメンツでこんな事が出来るのは……、

「しかし、庇ってくれるのは嬉《うれ》しいのだが、少しは私の堅《かた》さも信頼《しんらい》してくれ。次は……。な、なんだカズマ、その目はどうした。というかお前、なんて顔をしているのだ」

軽く引いた視線を送る俺に、ダクネスが困惑《こんわく》の表情を浮かべる。

「いや、もう武器を持たずに素手《すで》の方がいいんじゃないかなと思ってさ。そうだよな、ていうかお前前衛タイプの上級職な上にレベルだって高いもんな。そろそろ熊《くま》ぐらい素手で絞《し》め殺せそうだな」

未《いま》だ引いたままの俺の言葉に、ダクネスがあっと声を上げた。

「ち、違うぞカズマ！　いくら私でも単純な力だけであんなに堅いモンスターを絞《し》め殺せはしない！　お前が酷《ひど》い殺され方をされた腹いせに、アクアがとびきり強力な支援《しえん》魔法を掛けたのだ！」

筋肉女と思われるのは嫌《いや》なのか、ダクネスが慌てながら言ってくる。

「酷い殺され方って、俺、今回はどんな死に方したんだ？　なんか一瞬だったから覚えてないんだけど」

「あんた、頭の先から股《また》の間まで綺麗《きれい》に真っぷた……」

「聞きたくない、聞きたくない！　おい待てよ、俺そんなグロイ状態になってたのか？

……あっ、そんな死に方したのにどうして服は無事なんだと思ったら、着替《きが》えさせられてる！」

おい待てよ、誰が俺を着替えさせた？

俺がダクネスやめぐみんを見ると、二人はバッと顔を逸《そ》らす。

どっちだ？

この反応はどっちなんだ？

と、俺の戸惑《とまど》う姿を見ながら、アクアが優しく微笑《ほほえ》んだ。

「大丈夫よカズマ、安心して。女神という尊い存在であるこの私は、人間であるあなたの裸《はだか》を見てもどうとも思わないからね」

「うるせーよ、こんな時だけ女神っぽい笑《え》み浮かべてんじゃゃねえ！」


——まだモンスターを一匹倒《いっぴきたお》しただけなのだが、死者が出た以上、今日はもうやめておこうという事になった。

討伐依頼《とうばついらい》はその日に何匹倒したかの出来高制だ。

一匹ごとの単価が非常に高く、請《う》けた当初は美味《おい》しい仕事かと思ったのだが……。

「一匹……ですか？」


昨日俺達が通された応接室で、報告を受けたカレンが目を見開いた。

「ああ、一匹だ。力及《およ》ばずすまん。だが……」

何か言い掛けたダクネスを手で制し、

「一匹？　あのダスティネス様がいながら、たったの一匹？」

嘲《あざけ》る様にそう言うと、カレンは突然笑い出した。

「あはははははは、日頃《ひごろ》あれだけ大層な事をおっしゃっているダスティネス様が、たったの一匹ですって？　それも、魔王の幹部を倒したと噂《うわさ》の、アクセル一の冒険者とやらも連れて？」

ニヤニヤとダクネスを見上げるカレンにイラッとしていると、当の煽《あお》られていたダクネスが突然ガタッと立ち上がり。

「言いたい事があるならサッサと言え！　貴様が私の事を嫌っているのは知っているが、仲間まで侮辱《ぶじょく》するなら考えがあるぞ！」

「言いたい事なら山ほどあるわよ！　領主代行のあんたの家が金貸し業に色々制約付けたせいで、ここんとこの売り上げが落ちてるの！　アルダープ様が領主だった頃《ころ》はたっぷり稼《かせ》げたのに、あの方はどこ行ったのよ！」

それに対抗《たいこう》する様に、カレンもその場に立ち上がった。

「誰がウチに対する苦情を言えと言った、討伐数が一匹な事に文句があるのかと言っているのだ！　だがちょうどいい、貴様がその様に思っていたのならここでケリを付けてやる！　金貸しも必要な仕事ではあるし金を貸すなとは言わないが、貴様のところは年利があまりに高すぎる上に取り立ての仕方がえげつないのだ」

「これだから世間知らずの箱入り令嬢《れいじょう》は話が通じなくて困るのよ。年利が高くても借りたがる人がいる以上、双方納得《そうほうなっとく》済みの取り決めなの。しかも、取り立てが厳しすぎるですって？　借りる時はひたすらペコペコしておいて、返す時には逆ギレする様な連中から、強引《ごういん》に毟《むし》り取る事の何が悪いのよ！　そんなんだからアルダープ様に借金背負わされた上に嫁《とつ》がされ、挙句の果てに逃《に》げられるのよ！」

あっ、今のは俺にも分かる。

カレンが言っちゃいけない事言った。

「貴様、下級貴族の分際でよくも言ってくれた！　そこになおれ、ぶっ殺してやる！」

「やや、やれるものならやってみなさい！　どうせ口だけでしょうダスティネス……。ダスティネス？　ちょっと待って、庶民《しょみん》相手じゃないのだから、理由もなく私を殺したりしたら大変な事になるわよ⁉」

「貴様の様な成り上がり者の悪徳金貸しが消えても国や庶民は困らぬ！　世のため人のため、お前を排除《はいじょ》した後は大人しく、牢《ろう》にでもどこにでも入って……なんだめぐみん、止めてくれるな。今からこの小悪党に正義を行使するのだ」

カレンの胸倉《むなぐら》を摑《つか》み半泣きにさせるダクネスのマントを、めぐみんがそっと引っ張っていた。

「ダクネス、それぐらいでいいでしょう。私達は依頼に失敗した様なものなのですから。回復したばかりのカズマのためにも、今日のところは帰りませんか？」

本来なら一番短気で切れやすいはずのめぐみんが、ぽつりと小さく呟《つぶや》いた。

5

その日の夜。

俺達は若干怯《じゃっかんおび》え気味のカレンからモンスター一匹分の討伐報酬《ほうしゅう》を受け取ると、早々と屋敷《やしき》に戻《もど》り、夕食を終えてくつろいでいたのだが。

めぐみんの、皆《みな》に話があるとの言葉にそのまま耳を傾《かたむ》けていた俺は……。

「――ごめん、もう一度最初から聞いてもいい？」

「まあ構いませんが……。ええと、思い付きで盗賊《とうぞく》団を作ってみたのですが、気が付けば入団希望者が千人を超《こ》える規模になりまして。この街一番のお屋敷をアジトにして後ろ盾《だて》も手にした頃、そろそろ頃合いとばかりにあのカレンという貴族の家を襲撃《しゅうげき》に行ったのです」

思わず動きを止めていた俺は、心の中で呟いた。

こいつなにしてくれてんだ。

俺がそんな感想を抱《いだ》く中、同じく固まっていたダクネスが目を泳がせながら口を開く。

「そういえば最近、この街一番の館《やかた》が何者かの手に渡《わた》ったと聞いたのだが……」

やめてくれ。

「ええ、私のところの下っ端《ぱ》の権力をちらつかせたら使わせてもらえるようになりました」

「待ってくれ、ダスティネス家の力ですらあの館を譲《ゆず》って貰《もら》うのは簡単にはいかないはずだぞ。なあめぐみん、その下っ端というのはもしかして……」

おいやめろ、聞くんじゃない、引き返せなくなる。

「そういえばめぐみんは、エルロードに行く道中、アイリスってあの子の事を下っ端って呼んでたわね」

「やめろアクア、普段《ふだん》ちっとも頭が回らないクセに、こんな時だけ余計な事を聞くんじゃない！　俺達は何も聞かなかったし知らなかった。いいな？」

「いいわけあるか！　おいめぐみん、どういう事だ？　つまりアイリス様を怪《あや》しげな組織に引き込み、どこぞで知り合った妙《みょう》な連中とあやつの屋敷を襲《おそ》ったのか!?」

汗《あせ》を垂らしたダクネスが泣きそうな顔で問う。

「妙な連中とは失礼ですよ。世間知らずな下っ端と友達がいない紅魔族《こうまぞく》。そしてアクシズ教のプリーストと盗賊が一人ですね。それ以外の人達は現在入団を保留しております」

最後の盗賊以外は多分俺が知ってる連中だと思う。

どうして俺の仲間達はちょっと目を離《はな》しただけで大変な事をやらかすんだろう。

「それに、正確には襲撃計画を立ててあの人の家に行っただけで、実行には移していませんよ。カズマに先日言ったじゃないですか、屋敷の人達がモンスターに襲撃されていたので、それを退治して助けたと」

めぐみんの言葉にほんの少しだけホッとする。

いや、まだこれから聞くべき事はたくさんあるのだが。

「にしても、なぜそんなバカな団体を作ったんだ？　お前はどうしてもっと平穏《へいおん》な人生を送れないんだ」

心の底からの俺の言葉に、だがめぐみんは、こいつ何言ってんだという表情を浮《う》かべ。

「それなら以前話したじゃないですか。あれは忘れもしない、皆で霜降《しもふ》り赤ガニを再び食べた日の事でした。皆がカニを頰張《ほおば》る中、私は憧《あこが》れの銀髪《ぎんぱつ》盗賊団との出会いと彼らの生き様をこんこんと語ったはずですが。なぜそんな団体を作ったかと言われれば、それが理由でしょうか」

あの時は、カニに夢中でさっぱり話を聞いてなかったなんて今さら言えない。

「そしてあの時、盗賊団を作ったとまでは説明しませんでしたが、アクセルの街で皆を集めてアジトを手に入れたり、仕事を始めたとは教えたはずですよ？」

「あ、ああ、そうだった……な……？」

目を泳がせるダクネスを見て、こいつもカニに夢中で聞いてなかったなと確信する。

同じく目を泳がせる俺の隣《となり》で、悪びれもせずポリポリと頭を掻《か》きながら、アクアが言った。

「ごめんね、カニ食べるのに夢中で聞いてなかったわ」

……俺とダクネスはこいつ並みなのか。

「――で、お前はあの貴族を助けた後、礼金を貰うどころかお礼の一言すらなく追い払《はら》われたと」

あの貴族とのゴタゴタを聞き終えた俺は、締《し》め括《くく》る様に確認《かくにん》する。

「はい、カレンというあの方が私を見た時驚《おどろ》いていたのは、その時の事を思い出して気まずかったのでしょう。私はといえば、普通《ふつう》に通りすがりに助けたのならともかく、襲撃に行ってみたらなんかモンスターに襲われていたので、気まぐれで助けてみたというのが本音でして……」

めぐみんが居心地《いごこち》悪そうに身を小さくするが、

「それで、めぐみんもその負い目から強く報酬をねだれもせず、そのまま引き下がったというわけか」

「はい……」

俺の最後の確認に、その時の事を思い出したのかめぐみんがショボンと肩《かた》を落とした。

多分めぐみん本人は大して金など欲しくなかったのだろう。

だが、団員の手前、報酬を踏《ふ》み倒された形になったのを気に病《や》んでいる様だ。

……と、それまで目を閉じて聞いていたダクネスが、カッと目を見開き立ち上がる。

「おのれ、相変わらずケチで小狡《こずる》い成り上がり者めが！　私やカズマをバカにするならまだ許せるが、年端《としは》もいかないめぐみんを相手に貴族ともあろうものが、助けてもらった礼もせず追い払うなど断じて許せぬ！」

「お、おい、言ってる事に共感は出来るんだけど、俺ならバカにされてもいいのか？」

俺の言葉を聞いているのか、ダクネスは目をぎらつかせ、

「カズマ、明日《あした》だ！　本来であれば今すぐと言いたいところだが、明日の朝にありったけの人を集めて襲撃を掛《か》けるぞ！　めぐみんが言っていたではないか、あの家を襲おうとしたと。ダスティネス家がお墨付《すみつ》きをやろう、遠慮《えんりよ》なく焼き討《う》ちにするがいい！」

「お前までバカな事を言わないでくれ！　短気なめぐみんですら思い留《とど》まったんだからな！」

「いえ、私の場合は目の前に強いモンスターの群れが現れたので、盗賊団よりも冒険《ぼうけん》者の本能に従っただけなのですが」

せっかくの良い話なのに自分でぶち壊《こわ》していくスタイルは止《や》めてほしい！

「なんだか色々大変そうね。これ以上ややこしい事にならないように、私はお酒でも飲んで大人しくしておくからね」

なぜだろう、今日に限ってはアクアが一番まともに見える。

「見ていろよドネリーめ、もう後の事など知るか！　全《すべ》てが終わったら裁判でもなんでも受けて立つ。あいつに思い知らせてやる！」

危ない宣言をするダクネスに、俺は逃げる様に部屋に帰った。

6

辺りはすっかり暗くなり、家々の灯《あか》りも消えた頃。

俺の部屋のドアがコンコンと小さく叩《たた》かれた。

「起きてるぞー」

布団《ふとん》の中でゴロゴロしながら入室を促《うなが》すと、小柄《こがら》な人影《ひとかげ》が入ってくる。

「すいません、こんな時間に」

入ってきたのはめぐみんだった。

とは言っても、こんな時間だというのにまだパジャマに着替《きが》えもしておらず、食事の後からずっと塞《ふさ》ぎ込んでいたのかと想像してしまう。

そう、こいつは俺が生き返ってから、何だか落ち込んでいる感があるのだ。

俺達に悟《さと》られまいとしていつも通りを装《よそお》っていたが、長い付き合いである俺からすれば今さらだ。

「どうした？　色気のある話じゃなさそうだしシャレが通じるムードでもなさそうだけど」

ベッドの上に身を起こすと、あまり深刻にならないように聞いてみる。

めぐみんは肩を落として俯《うつむ》くと、

「ごめんなさい」

小さな声で謝った。

「いや、いきなり部屋に来られてその一言だけだと、俺が振《ふ》られたみたいな絵面《えづら》でなんか嫌《いや》なんだけど」

俺が続きを促すと、顔を上げずにそのままで。

「もし私が以前あの貴族を助けず、屋敷をちゃんと襲撃していたならば、ひょっとしたらカズマが死ぬ事はなかったかもしれないんです。というのも、あの貴族の家の周辺に強いモンスターが湧《わ》き出す事について、カレンというあの人自体が原因の可能性がありまして……」

突然《とつぜん》そんな事を言ってきた。

あれっ？

ていうか今日、既《すで》にそんな感じの事を聞いたよな。

無言でいる俺に向け、めぐみんがなおも続けてくる。

「あの貴族の家には、モンスターを呼び出す神器があるかもしれないんです。それを私が奪取《だつしゅ》出来ていれば、カズマがあんな目に遭《あ》う事は……」

そんな、めぐみんの懺悔《ざんげ》の様な独白を、

「それって、どこの誰《だれ》から聞いたんだ？」

俺は、どうせあの人なんだろうなと思いながら遮《さえぎ》った。

何か言われるにしても、情報元を聞かれるのは予想外だったのか、めぐみんは暗闇《くらやみ》の中、しばし紅《あか》い視線をさまよわせ、

「先ほど話した、ウチの盗賊団に所属している盗賊です。まあ、カズマが知ってる人なのですが……」

そう言って、少しだけ笑《え》みを浮かべた。

俺はため息を吐《つ》きながらベッドから降りて窓を見た。

外は寒いから早く気付けと、わざと淡《あわ》い敵意を向けているのだろう。

俺の敵感知スキルが先ほどから、窓の外に待ち人がいる事を伝えてきている。

突然ベッドから降りて窓へと歩き出した俺に向け、めぐみんが不思議そうな表情を浮かべる中。

俺は窓にかかっていたカーテンをシャッと引くと——

「その盗賊《とうぞく》ってのは、この人の事だろ？」

まるでこうなる事を全て見越《みこ》していたかの様に。

女神《めがみ》エリスでもパチモン盗賊団の下っ端クリスでもなく、口元をマスクで隠《かく》した大物賞金首のお頭《かしら》が、窓の外で手を振っていた。

7

「ふう。まったく、気付くのが遅《おそ》いよ助手君。そろそろ肌寒《はだざむ》くなってきたんだからね」

窓を開けてやるとスルリと中に入ってきたクリスに向けて、

「いや、そもそもお頭が時間を指定しなかったんじゃないですか。ていうかいい加減、外で待ち合わせてもいいと思うんですがね」

と、それがいつもの事の様に返す俺。

そんな俺達二人のやり取りを、めぐみんが固まったまま呆然《ぼうぜん》と見ている。

「……ねえ助手君、めぐみんが動かないんだけど」

「お頭が奇抜《きばつ》な登場したからじゃないですか？　というか、窓から不審《ふしん》者が入ってきたら普通は驚きますよ」

そんな見当違《けんとうちが》いな事を言いながら、めぐみんが固まったまま動かない理由をもちろん理解している俺達二人がニヤニヤと笑みを浮かべていると、

「……でした」

「ん？」

「めぐみん、どうしたの？　ごめん、ちょっと聞こえなかったよ」

ぼそりと呟《つぶや》いためぐみんが、突然土下座を敢行《かんこう》した。

「すいませんでした！　ファンを自称《じしょう》するこの私とした事が、あなたの正体に気付かないだなんて！」

「お、おい、声が大きい、外に聞こえるだろ！」

「めぐみん、いいからいいから！　別に謝る事でもないし土下座はやめてえ！」

俺達二人が慌《あわ》てていると、めぐみんが顔を上げてジッと見てくる。

「というか、その……。先ほどから、助手君と呼んでいるという事は……」

その紅い瞳《ひとみ》は興奮と期待に満ちていて、ここでボケたりごまかしたりするのは気が引けた。

俺がクリスに、いいんですねとアイコンタクトを送ると、もちろんとばかりに片目を瞑《つぶ》ってグッと親指を立ててくる。

めぐみんがいる事を知っていて入ってきたのだから正体を明かす気で来たのだろう。

となれば俺もこれ以上隠す必要もない。

盗賊家業をする際の服と仮面をしまったクローゼットに――

「めぐみん、よーく見てるといいよ。キミが、あれほどあたしに好きだって事を熱弁してた人の正体を」

俺が開けたクローゼットの隣で、ニヤニヤと悪戯《いたずら》っ子みたいな笑みを浮《う》かべるクリスのからかうような言葉に対し。

「ええ、よく見ておきます。私が大好きな人が今まで何をやっていたのかを知りたいですから」

反撃《はんげき》とばかりに真正面からど直球をぶち込んでくるめぐみんに、逆にクリスの顔が赤くなる。

「お頭、こいつはいつだって全力なんですから、からかうのはNGですよ。俺は何度もカウンター食《く》らいまくってるんですから」

「ごご、ごめんね、なんか知らないけどあたしもすごくダメージきてるよ。なんだろうこの甘酸《あまず》っぱい気持ちは、恥《は》ずかしいんだけどもっと聞きたい様な、それでいて顔を覆《おお》いたくなる感情は……！」

小声でヒソヒソやり合う俺達に、めぐみんがちょっとだけ悲しそうな表情を浮かべ、

「その、二人はかなり深い仲なのですか？　いつぐらいからこの様な間柄《あいだがら》に？」

「めぐみん違うよ⁉　二人で盗賊をやり出したのも最近だし、あたし以前言ったじゃん、助手君の事は何とも思ってないって！　ただの友達としか思ってなくて、特別な感情は抱《いだ》いてないって！」

「ちょっと待ってくれ、俺がいない間にいつも二人で何話してんの？　なんで俺は知らないところで振られてんの？」

俺がいないところでは、本当にどんな事を話されているのだろうか。

陰口《かげぐち》大会が開催《かいさい》されないよう、これからはもうちょっとセクハラ行為《こうい》や発言には自重しよう。

そんな事を考えながら着替えていると、ふと背後から視線を感じる。

「さっき、俺の正体をよく見てるといいとか言ってたけどさ。さすがにここはちょっと……」

真面目《まじめ》な顔で見ていた二人は、ズボンに手をかけた俺から慌てて視線を逸《そ》らした——

「——今夜は綺麗《きれい》な満月だね！　助手君は暗視能力があるからいいけど、あたしにとってはこんな日こそが仕事をするには持ってこいだよ」

俺達は月明かりだけを頼《たよ》りにアクセルの街を駆《か》け抜《ぬ》ける。

めぐみんはいつものローブ姿ではなく、普段《ふだん》とは違うラフな服装をしていた。

クリスいわく、このためだけにわざわざマスクまで用意してきたらしい。

「あの、本当に私も行っていいんですか？　盗賊スキルも持ってないので、足手まといになりませんか？」

俺達の後に続き、先ほどから一歩引いた様な殊勝《しゅしょう》なめぐみんに、

「今回は俺以外にも助っ人を呼《と》ぶって聞かされてたからな。それに、この仮面を被《かぶ》った俺はいつもと違うと思ってくれ。今の俺は凄腕冒険者《すごうでぼうけん》者サトウカズマじゃなく、大物賞金首、仮面盗賊団のお頭だ。満月の夜限定だが、誰にも負ける気がしないと酷《ひど》く昂《たか》ぶる時があるんだよ。そして、今夜ももちろん絶好調だ！」

「ねえ助手君、キミって本当に悪魔《あくま》や魔族じゃないんだよね？　ただの人間なんだよね？　それと銀髪《ぎんぱつ》盗賊団だしお頭はあたしだからね？」

相変わらず失礼なお頭の言葉を聞き流し、俺は背中から浴びせられ続ける視線をちょっとだけ気にしながら先を急いだ。

というのも、明日《あした》になればどこかの猛《たけ》り狂《くる》った大貴族がめぐみんの敵とばかりに動き出す。

ただでさえ頑固《がんこ》なあいつの、本気になったあの目を見た時点で止める事は諦《あきら》めた。

となれば、朝までにカレンの家からモンスターを呼び出していると思われる神器を奪《うば》うしかない。

その神器さえ盗《ぬす》み出せれば、それを証拠《しょうこ》品としてダクネスに一時的に押し付け、モンスターを召喚《しょうかん》しアクセルの街を危険にさらしたとして、きっちりと法の下《もと》に裁けばいい。

よく考えたらエリスの下に送られた俺という被害者《ひがいしゃ》もいるのだし、本当にソレが見つかったなら、俺としても文句はない。

……。

「なあ、さっきからすごく視線を感じるんだけど」

「あっ！　すす、すいません、仮面姿が似合うもので、つい……」

後ろに続くめぐみんがひたすら俺を見ていたらしい。

「それより、そろそろ街の正門に着くからめぐみんもマスクをしなよ。今日はキミも銀髪盗賊団の一人なんだからね」

クリスの言葉にめぐみんが、興奮で目を紅く輝《かがや》かせて口元をマスクで覆った。

「……大変ですよお頭、こいつ紅目のせいでマスクがほとんど役に立ってません」

「どうしよう助手君、これはあたしも予想外だよ」

口元を隠すだけでは紅魔族《こうまぞく》という特徴《とくちょう》が思い切り出てしまっている。

この街には紅魔族《こうまぞく》は二人しかいないのだ、さすがにこれはバレないわけがない。

分かりやすいぐらいにシュンとしているめぐみんに、俺は仮面を外して差し出した。

「しょうがない、今夜は俺の仮面を着けておけ。そっちのマスクは俺が使う。今夜はお前が仮面盗賊団のお頭だ」

「ねえ助手君、そろそろ盗賊団の名前を統一しようよ、それからお頭はあたしだからね？」

俺から仮面を受け取ると、これ以上ないぐらいに幸せそうな笑みを浮かべるめぐみん。

「賞金が懸《か》かった時はもう仮面盗賊団でいいしお頭も俺でいいって言ったじゃないですか」

「最近はほとぼりも冷めてきたからね、元々はあたしが作った盗賊団なんだから、あたしのトレードマークの銀髪を名前にしないと」

めぐみんから受け取ったマスクを着けながらそんなやり取りをしていると。

「名前を付けるのには自信があります。なんなら私が団名を付けましょうか？」

「「それはダメ」」

期せずして声がハモった。

——潜伏《せんぷく》スキルを使った俺達は、アクセルの正門をあっけなく突破《とっぱ》し、月明かりの下を森へと進む。

「カズマ、この仮面は身に着けてると何だかとてもしっくりきます。紅魔族《こうまぞく》にこそ相応《ふさわ》しいと言っても過言ではないでしょう。これ、貰《もら》ってもいいですか？」

「最近は俺もそれ気に入ってきてるんだからやらないぞ。バニルのとこで似た様なの売ってるからそこで買えよ。人気だからか、なかなか手に入らないらしいけど」

俺達の会話を聞いていたクリスが興味を示して尋《たず》ねてくる。

「バニルさんって、いつも仮面を被ってる人？　遠くからチラッと見ただけだけど、ゴミ捨て場を荒《あ》らすカラスを追い払《はら》ってカラススレイヤーって呼ばれたり、真面目な人らしいじゃない」

……この人は何を言ってるんだろう。

この世界の女神《めがみ》は皆節穴《みな》な目をしてるのか？

いや、確か地上に降りてくる時は仮の体を使ってるとか言ってた気がするから、それでバニルの正体に気付かないのか？

凄く危険な事になりそうとは思いつつも、ウィズやバニルに会わせてみたい気もする。

「――おっ、見えてきたね。さあめぐみん、今夜はこないだのリベンジといこうか。実はあの人の態度にちょっと頭にきてたんだよね」

クリスはそう言って森の中に浮かび上がってきた屋敷《やしき》を見据《みす》え、目を真っ赤に輝かせるめぐみんに笑顔《えがお》を見せた。

「さあ、いってみよう！」

8

モンスターに備えているのか、屋敷の正門には当然の様に見張りがいた。

まずはそれを排除《はいじょ》するべく、俺は潜伏スキルを発動させて暗がりからそっと近付く。

見張りは二人。

背後に回って口元を押さえ、ドレインタッチでいけるだろう。

……と、忍《しの》び寄る俺がいる場所の反対の位置、見張りからすると左手側からガサッという音が鳴る。

正面を向いていた二人の見張りはそちらの方に視線を向けて——

その隙《すき》を見逃《みのが》さず一気に忍び寄った俺は、背後から二人の口を左右の手でそれぞれ塞《ふさ》ぎ、ドレインタッチを発動させた。

音もなくくずおれる二人を見て、茂《しげ》みに隠《かく》れていたクリスとめぐみんもやって来る。

「その、二人とも鮮《あざ》やかですね。というか、カズマも実は凄かったんですね」

俺の事を普段は凄くないと思っていたらしいめぐみんが、俺達に尊敬の眼差《まなざ》しを向けてきた。

見張りの注意を惹《ひ》く先ほどの音は、クリスが小石を投げて立てたらしい。

「あたし達は王城の最奥《さいおう》まで突破した、大物賞金首の銀髪盗賊《とうぞく》団だよ？　これぐらいは楽勝さ」

そんな余裕《よゆう》ぶった事を言いながら、クリスが口元をにやけさせる。

「つい最近までパチモン盗賊団の下っ端《ぱ》盗賊やらされてたクセに何言ってんですか。ていうかお頭《かしら》は、目を離《はな》すとなんですぐ面白《おもしろ》い状況《じょうきょう》になってるんですか？」

「それはあたしの方こそ聞きたいよ。運の良さはキミにだって負けないのに」

クリスに言われて気付いたが、そういえば俺も運が良い割にいつもいつも妙《みょう》な事に巻き込まれてるな。

そんな事を考えながら、屋敷の敷地《しきち》内をぐるっと回り、裏口側から侵入《しんにゅう》した俺達は。

「……やっぱ俺達は運が良いんでしょうかね？」

「この場合、運が良いっていうよりも、ハズレを引いた気がしなくもないかな」

「さすが場数を踏《ふ》んでいるだけあって、こんな時でも二人は冷静なんですね」

顔を見合わせて、突然《とつぜん》出くわしたこの状況に、どう対応したものかと考える。

「どこの誰《だれ》だか知らないけれど、言ってないで早く助けて！」

そこには人間サイズの大きさの、タコみたいなモンスターに拘束《こうそく》されるカレンがいた。

「──た、助かりました。危《あや》うく貴族令嬢《れいじょう》として大切な物を失うところだったわ……」

クリスと二人で斬《き》りかかり、タコ型モンスターからカレンを救助した俺達は、そこが牢《ろう》の中である事に気が付いた。

部屋の奥には扉《とびら》があるが、部屋を中央で仕切る様に鉄格子《てつごうし》がはめ込まれていた。

本来なら、鉄格子の向こう側で安全にモンスターを召喚するシステムなのだろう。

「ここは、なんで裏口が牢屋に繋《つな》がってるんだ？」

そんな疑問に答える様に、今まで締《し》め上げられていたカレンが咳込《せきこ》みながら立ち上がる。

「そこは裏口なんかじゃないわ。ハズレモンスターを外に解放するための排出《はいしゅつ》口よ」

カレンは今さらながらに俺達に警戒《けいかい》の眼差しを向け、手にした何かを威嚇《いかく》する様にこちらにかざす。

「今ハズレモンスターって言いましたよお頭。やっぱこいつ黒ですね」

「待って助手君、肝心《かんじん》の神器が見当たらないんだけど」

緊張感《きんちょうかん》のない俺達に若干《じゃっかん》の苛立《いらだ》ちを滲《にじ》ませながら、カレンが声を張り上げた。

「あなた達は何者なの!?　ここがどこだか分かって侵入してきたのよね？」

「悪名高いドネリーさん家《ち》でしょ？　今夜はお礼参りにやって来たよ」

余裕たっぷりなクリスの言葉に、

「なるほどね。金貸し業なんてやってれば、恨《うら》みを買う心当たりなんてたくさんあるわ。あなた達もその口ね？　でも運が悪かったわね、あなた達には新商品の実験台になってもらうから！」

カレンはそう言いながら、手にしていた何かを振《ふ》りかぶり——！

「『スティール』」

俺とクリスが同時に放ったスティールで、その何かを奪われていた。

「なっ!?」

驚《おどろ》きの声を上げるカレンを尻目《しりめ》に俺達は戦利品を確認《かくにん》する。

「取りあえず奪ってみたけど、これってなんだろう？」

「あっ、ちくしょう負けた！　俺の方はまたパンツだ！」

カレンが使おうとしたアイテムはクリスの手に渡《わた》っていた。

俺の手には白い下着が収まっている。

「どうしてカズマのスティールはセクハラに特化しているのですか？　……というか、それちょっと見せてください。確か、どこかで見覚えが……違《ちが》います、パンツじゃないです、そっちの石の事ですよ！」

クリスが手にしていた石をめぐみんに渡し、このパンツはどうしたものかと悩《なや》む俺を、スカートの裾《すそ》を押さえたカレンが睨《にら》みつけるという妙な状況の中、

「だ、誰か来なさい！　侵入者です、曲者《くせもの》です！」

カレンがようやく人を呼ぶという事に気付いた様だ。

「これ、モンスターの卵を元に加工したご禁制の魔道具《まどうぐ》ですよ。モンスターを召喚《しょうかん》する事が出来ますが、ただそれだけです。使役《しえき》する事も出来なければ呼び出す相手もランダムの、ただ危険なだけのアイテムですよ」

石の正体を看破しためぐみんの指摘《してき》に、カレンがフッと鼻で嗤《わら》う。

「ただ危険なだけのアイテム？　違うわ、それはお金を生み出す素晴《すば》らしい魔道具よ。ランダムに呼び出されるモンスターの中には、カモネギやゴールドアントといった当たりが出てくる可能性がある。今までで一番の大当たりはドラゴンの子供だったわね。それまでに注ぎ込んだお金を一発で取り返してくれたわ」

複数の人間がバタバタと駆《か》けてくる音を聞きながら、俺達から距離《きょり》を取ったカレンが棚《たな》から新しい石を取る。

つまりこいつは、この鉄格子で覆《おお》われた部屋でモンスターを召喚し、当たりが出たら売り飛ばし、金にならないハズレは適当に野に放っていたわけか。

そして、街でそのモンスター達が噂《うわさ》になりはじめた事で、間引きしようとアクセルで最強と名高い俺に依頼《いらい》をしてきた、と。

「お頭、こいつただの小悪党ですよ、自分の悪事をペラペラ喋《しゃべ》るし」

「助手君、そういう事は思っていても言っちゃダメだよ。でも、あたしからしたらあの人がハズレだよ。神器を使ってるのかと思ったら……」

「二人とも聞こえてますよ。あの人顔が真っ赤です」

相変わらず緊張感のない俺達に、カレンが激昂《げっこう》しながら石を構える。

「この状況で随分《ずいぶん》な余裕だけれど、あの世で後悔《こうかい》するといいわ！　もうすぐ警備の者もやって来る――」

「「『スティール』」」

カレンが最後まで言う前に、再び俺達のスティールが炸裂《さくれつ》した。

「またあたしの勝ちだね」

「いや、ちょっと待ってほしい。俺としてはその石よりもこっちの方が嬉《うれ》しいし、勝ち負けでいったら俺の勝ちと言ってもいいんじゃないかな」

「この男最低ですよ、私達の前で堂々と言い放ちました」

俺の手にはカレンのブラが。

クリスの手には例の石が。

「なんですの!?　あなた達二人は本当になんですの!?」

スカートだけでなく胸元《むなもと》まで押さえながら、カレンが涙目《なみだめ》で睨んでくる。

と、そんな時。

「お嬢様、どうされました!?」

「侵入者です！　この者達を捕《と》らえなさい！」

駆けつけてきた警備の人に、カレンが勝ち誇《ほこ》った様に命令した。

——鉄格子の向こうにいる連中に向けて。

「助手君、この人ちょっとダメな人だよ」

「ダメな人なのは最初から分かってますよ。だって、ご禁制の品でソシャゲーのガチャをやるような人ですよ？」

「そしゃげーのがちゃって何ですか？　それはともかくとして、この人はなぜ鉄格子のこっち側でモンスターなんて呼び出したんでしょうね。大方、棚の整理か何かをしていたらその石を落としてモンスターが出てきてしまったとか、そんなとこでしょうが」

俺達の言葉にカレンが耳まで真っ赤になる中で、クリスがふむと頷《うなず》いた。

「来たばかりだけど潮時かな？　これは違法《いほう》にモンスターを召喚していた証拠《しょうこ》品として貰《もら》っていくね。ダスティネス家に届けてあげよう」

それを聞いたカレンの顔がサアッと蒼褪《あおざ》めていく。

「ま、待ちなさい！　行かせないわ、私もこう見えて高レベルの貴族、警備の者が裏から回るまで、時間稼《かせ》ぎぐらいは——」

「『スティー』」

「ダメだよ助手君、それ以上はやっちゃいけない気がするよ！」

言い掛《か》けたカレンに向けて俺がスティールを放とうとすると、クリスが慌《あわ》てて遮《さえぎ》った。

「いいではないですか、この女を部下の前で丸裸《まるはだか》にしてやりましょう」

容赦《ようしゃ》のないめぐみんの言葉に、もはやワンピース一枚の自分が何をされそうだったのかを理解し、床《ゆか》にへたり込んだカレンは震《ふる》えながら後ずさる。

少しは溜飲《りゆういん》も下がった事だし、証拠品も手に入れた。

ここはクリスの言う通り、そろそろ撤退《てつたい》の頃合《ころあ》いだろう。

そんな俺達の気配を見て取ったのか、カレンがへたり込んだまま、

「良く見れば、その仮面には見覚えがあるわ。あなた達は巷《ちまた》で噂の仮面盗賊団ね!?　これぐらいの禁制品が見つかったぐらいで家の取り潰《つぶ》しにまではならないわ。覚悟《かくご》する事ね、あなた達には更《さら》に賞金が懸《か》けられる事を――嘘《うそ》です、ごめんなさい！」

俺がそちらに突《つ》き出した手を見て、後ずさりながら悲鳴を上げた。

エピローグ

翌朝。

「ははははは！　ははははははは！　ドネリーめ、これを使って思い知らせてやる！　でかしたカズマ、よくやった！　はははははははは！」

いつもの広間にダクネスの勝ち誇った笑いが響《ひび》く。

モンスター召喚の証拠品を手に入れた俺は、それをダクネスにくれてやり、昨夜何があったかを大まかに説明した。

また盗《ぬす》みに入った事を少し咎《とが》められはしたものの、結果としてはこの通りだ。

「おふぁよー……。皆《みんな》どうしたの？　今日は早いわね」

パジャマ姿のアクアが何かの包みをかかえて降りてきた。

「早いんじゃなくて徹夜《てつや》してたんだよ。俺はこれから寝《ね》るから夕方まで起こさないでくれ」

「あんたまたゲームしてたの？　まったく、これだからニートはまったく」

昨夜の騒動《そうどう》も知らずに酒飲んで今まで寝てたこいつにだけは言われたくない。

と、アクアがテーブルの上に包みを広げ、それにめぐみんが興味を示した。

「アクア、それは何ですか？　石みたいに見えますが」

「さすがめぐみん、紅魔族《こうまぞく》なだけあって鑑定眼《かんていがん》があるわね」

そいつの眼《め》は昨日までずっと俺の正体に気付かなかった節穴だぞ。

俺がそんな事を思いながら朝のコーヒーを啜《すす》る中。

「これはね、変な形をした石のコレクションよ。川や池や湖なんかに良いのがあるの。たまにこうして磨《みが》いてピカピカにしてあげるのよ。……一ついる？」

「いらないです」

……俺達があんなに苦労したってのに、こいつの呑気《のんき》さはなんなのか。

モンスター召喚騒動は解決したものの、結局あの屋敷《やしき》に失われた神器はなかったわけで、クリスが神器の行方《ゆくえ》を追う事になった。

本当に、あの真面目《まじめ》な方の女神様《めがみ》を余計な事しかしないこいつに見習わせたいところだ。

「そういえばアクア、以前からちょくちょく街の外に出掛けていたが、あれは何をしているのだ？　めぐみんから目を離《はな》した結果、気が付けばえらい事になっていた。一応何をしていたのかを聞きたいのだが……」

「ちょっとダクネス、私を問題児扱《あつか》いするのはやめてちょうだい！　アレは冒険《ぼうけん》者ギルドの人に頼《たの》まれてアルバイトしてたのよ。ほら、私には超凄《ちょうすご》い浄化《じょうか》能力があるでしょう？　あの力を使って、クーロンズヒュドラがいた湖やその周辺を浄化してほしいって頼まれたから頑張《がんば》ったの！」

そんないつもの風景をボーッと見ながらコーヒーを啜っていると、めぐみんが胸に何かを抱《だ》き締《し》めて、俺の傍《そば》に立っていた。

何か言いたそうにしているが、それを言うかどうか迷っている様だ。

「そ、それはすまなかったなアクア。私が悪かった」

「本当に悪いって思ってる？　なら、私の石のコレクションからどれか一つ買ってちょうだい。浄化のバイトが終わっちゃってお金がないの」

騒《さわ》がしい二人をよそに、俺はめぐみんにからかうように。

「何か言いたい事でもあるのか？　はは一ん、俺の正体を知ってサインでも欲しくなったのか？　それとも握手《あくしゅ》してほしいのか？」

「いらないです」

バッサリと即答《そくとう》しためぐみんは、しばらく目を泳がせると、

「……その、ありがとうございます。私達のために敵討《かたきう》ちみたいな事をしてくれて」

そんな事か。

「別に敵討ちってわけでもないさ。それに、あの女のせいで殺された俺も、ちょっとだけスッキリしたし。大体、お前らは俺達の下部組織なんだろ？　なら、下っ端《ぱ》の敵討ちも当

然だろ」

フッと格好付けながらそう言うと、めぐみんが小さくはにかんで。

「ではこれからは、カズマの事をお頭《かしら》と呼ぶべきですか？」

「うむ、構わんよ。仮面盗賊《とうぞく》団の名で賞金懸けられてるんだから、実質俺がお頭みたいなもんだと言えよう。……あっ、俺がこんな事言ってたってクリスに言うなよ？　怒《おこ》られるからな」

ちょっとだけ慌てた俺に、めぐみんは楽し気にくすくす笑い。

「いいですよ。内緒《ないしょ》にしておきますので、その代わり……」

胸の何かを抱く手にギュッと一度だけ力を込めて、

「たまにでいいので、また一緒《いっしょ》に行ってもいいですか？」

そう言って、ずっと抱き締めていたらしい俺の仮面を差し出してきた。

あとがき

この度《たび》は『続《ぞく》・この素晴《すば》らしい世界に爆焔《ばくえん》を！』をお買い上げいただきありがとうございます。

初めましての方はさすがにいないと思いますが、作家らしき何かこと暁《あかつき》なつめです。

この本はスニーカーｗｅｂさんにて連載《れんさい》されていた物に書き下ろしを付けたスピンオフ小説となっております。

これが書かれる事になった経緯《けいい》はこのすば10巻のあとがきにて説明済みですので省きますが、何でもお気軽にやると言うもんじゃないなと学習しました。

今後はキャラクター人気投票がない事を切に祈《いの》っております。

——というわけで今巻は、色んな裏話を詰《つ》め込んだ本になっております。

7巻のラストでクリスが湖に投げ込んだ現在捜索《そうさく》中の例の神器も、余計な事をするのに定評のある女神が、それが何なのかも知らずに拾い毎日大事に磨《みが》いてます。

きっとクリスは神器の行方を追ってあちこちを探し回った挙げ句、息抜《いきぬ》きがてらにカズマ達の屋敷《やしき》へ遊びに行ってアッサリ見付け、崩《くず》れ落ちる事でしょう。

もし機会があれば、いつかそんな話も書きたいと思います。

——さて、これが書店さんに並ぶ頃《ころ》にはテレビアニメ2期が放映間近となっているはず。今回もアニメのアフレコにはあまり顔を出せておりませんが、作家という生物は家から出ない習性があるので仕方ないですね！

収録に行くとひどいネタバレをされるのでここはなるべく参加せず、一アニメファンとして自分もアニメ2期を楽しみにしております。

そして来月には、三嶋《みしま》くろね先生による全部このすばイラストという画集が発売されます。

そちらの方にも小説を書き下ろさせてもらいましたので、興味のある方はぜひぜひ。

各誌で連載中の漫画《まんが》の方も楽しんでいただければと思います。

というわけで今巻も、三嶋くろね先生をはじめ、いろんな方のお力によって出版する事が出来ました事にお礼を述べさせていただきます。

そしてなにより、この本を手に取ってくれた読者の皆様《みなさま》に、あらためて深く感謝を！

暁　なつめ

ATOGAKI
2017
お頭かわいい

本作はザ・スニーカーWEB掲載「続・この素晴らしい世界に爆焔を！」を改題・改稿し、書きおろしを加えて文庫化したものです。

この素晴《すば》らしい世界《せかい》に祝福《しゅくふく》を！スピンオフ

続《ぞく》・この素晴《すば》らしい世界《せかい》に爆焔《ばくえん》を！
我《われ》ら、めぐみん盗賊団《とうぞくだん》

著　暁《あかつき》 なつめ

角川スニーカー文庫　20132

2017年1月1日　初版発行

発行者　三坂泰二

発　行　株式会社KADOKAWA
〒102-8177 東京都千代田区富士見2-13-3
電話　0570-002-301（カスタマーサポート・ナビダイヤル）
受付時間　9:00〜17:00（土日 祝日 年末年始を除く）
http://www.kadokawa.co.jp/

印刷所　株式会社暁印刷
製本所　株式会社ビルディング・ブックセンター

Printed in Japan　ISBN 978-4-04-104991-4　C0193

★ご意見、ご感想をお送りください★
〒102-8078 東京都千代田区富士見 1-8-19
株式会社KADOKAWA　角川スニーカー文庫編集部気付
「暁 なつめ」先生
「三嶋くろね」先生

角川文庫発刊に際して

角　川　源　義

第二次世界大戦の敗北は、軍事力の敗北であった以上に、私たちの若い文化力の敗退であった。私たちの文化が戦争に対して如何に無力であり、単なるあだ花に過ぎなかったかを、私たちは身を以て体験し痛感した。西洋近代文化の摂取にとって、明治以後八十年の歳月は決して短かすぎたとは言えない。にもかかわらず、近代文化の伝統を確立し、自由な批判と柔軟な良識に富む文化層として自らを形成することに私たちは失敗して来た。そしてこれは、各層への文化の普及滲透を任務とする出版人の責任でもあった。

一九四五年以来、私たちは再び振出しに戻り、第一歩から踏み出すことを余儀なくされた。これは大きな不幸ではあるが、反面、これまでの混沌・未熟・歪曲の中にあった我が国の文化に秩序と確たる基礎を齎らすためには絶好の機会でもある。角川書店は、このような祖国の文化的危機にあたり、微力をも顧みず再建の礎石たるべき抱負と決意とをもって出発したが、ここに創立以来の念願を果すべく角川文庫を発刊する。これまで刊行されたあらゆる全集叢書文庫類の長所と短所とを検討し、古今東西の不朽の典籍を、良心的編集のもとに、廉価に、そして書架にふさわしい美本として、多くのひとびとに提供しようとする。しかし私たちは徒らに百科全書的な知識のジレッタントを作ることを目的とせず、あくまで祖国の文化に秩序と再建への道を示し、この文庫を角川書店の栄ある事業として、今後永久に継続発展せしめ、学芸と教養との殿堂として大成せんことを期したい。多くの読書子の愛情ある忠言と支持とによって、この希望と抱負とを完遂せしめられんことを願う。

一九四九年五月三日

この素晴らしい世界に祝福を！
「小説家になろう」で話題沸騰の
異世界コメディがついに書籍化！
暁 なつめ
illustration
三嶋くろね
シリーズ
絶賛
発売中！
ゲームを愛する引き篭もり少年・佐藤和真は女神を道連れに異世界転生。ここからカズマの異世界大冒険が始まる……と思いきや、衣食住を得るための労働が始まる。平穏に暮らしたいカズマだが、女神が次々に問題を起こし、ついには魔王軍に目をつけられ!?
スニーカー文庫

DRAGON COMICS AGE
この素晴らしい世界に祝福を!
コミックス
1～4
発売中!!
※2016年11月現在
カズマたち一行に緊急クエストが発生!
対魔王軍用兵器
《機動要塞デストロイヤー》が街に襲来!!
結界防御を打ち破るアクア!
めぐみんとウィズの爆裂魔法が炸裂!!
史上最大の迎撃作戦が開始する——!
作画 渡真仁
原作 暁なつめ
キャラクター原案 三嶋くろね
月刊ドラゴンエイジ(毎月9日発売)にて連載中!!

人気No.1 めぐみん大活躍の
公式スピンオフコミカライズ!
待望のコミックス2ヶ月連続刊行!!
第1巻▶12月23日発売!!
第2巻▶1月23日発売!!!!
この素晴らしい世界に爆焔を!
漫画/森野カスミ
原作/暁なつめ
キャラクター原案/三嶋くろね
月刊コミックアライブ
毎月27日発売
にて
2作品連載中!!
原作やアニメでは描かれなかった、カズマたち一行のキラキラな日常がここに!!
ComicWalkerと並行連載、大ボリュームの月2本立て!
この素晴らしい世界に日常を
Kono Subarashii Sekai ni NICHI-JO wo
漫画/染宮すずめ
原作/暁なつめ
キャラクター原案/三嶋くろ

総勢16名で贈る
ドキドキのめぐみんオンリーアンソロジー爆誕!!
めぐみんLOVE!!
発売中!!
この素晴らしい世界に祝福を!
めぐみんアンソロジー
原作／暁なつめ
キャラクター原案／三嶋くろね
MFコミックスシリーズ
カバーイラスト◆たかやKi
カラーイラスト◆鶴崎貴大、emily
コミック◆あららぎあゆね、Piro、季野このき、南高春告、森あいり、谷村まりか、
織衣美歌、田村ヒロ、まごころくらげ、風華チルヲ、薙派、稍日向、双葉ますみ

自動販売機に生まれ変わった俺は迷宮を彷徨う
Author
昼熊
Illustration
加藤いつわ
異世界で始まる"自動販売機"の大冒険!!
「小説家になろう」ランキング
第1位
(日間、週間、月間)
ど、どうやら俺は自動販売機に転生してしまったらしい……! 扱う言語を制限され、動く事も出来ない状況でダンジョンを生き抜く事は出来るのか!? Web小説で話題沸騰の新感覚迷宮ファンタジー、開幕!
スニーカー文庫

異世界詐欺師のなんちゃって経営術《コンサルティング》
Isekai Sagishi no Consulting
宮地拓海
イラスト ファルまろ
『小説家になろう』&『カクヨム』発、
口八丁な経営コメディ！
日本にその名を轟かせた大詐欺師のヤシロ。悪運尽きた彼が16歳の少年として転生したのは『嘘が吐けない巨大都市』だった。嘘を嫌う『精霊神』により嘘吐きは【カエル】にされてしまう世界だという。偽造通貨所持を疑われ、衛兵に追われて粗末な店に飛び込んだヤシロは、息をのむような巨乳の美少女ジネットになぜか歓待されて!?
シリーズ
好評
発売中
スニーカー文庫

最強の力と
アダルトモードで
敵を
駆逐しろ!
エクスタス
オンライン
久慈マサムネ
イラスト◆平つくね
スクールカースト底辺×ぼっち
の堂巡駆流は、VRゲームの最
強魔王ヘルシャフトに転生!
でも使える魔法はアダルト魔法
だけ。おまけに憧れの女の子・
朝霧凜々子や見知ったクラス
メートたちが敵(プレイヤー)と
して現れ!? 自分が倒されると
全員の命が危ないと知った堂
巡=ヘルシャフトは"全力"でク
ラスメートを駆逐する!
新世代
エクスタシー
VRMMO
シリーズ好評発売中!
スニーカー文庫

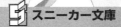

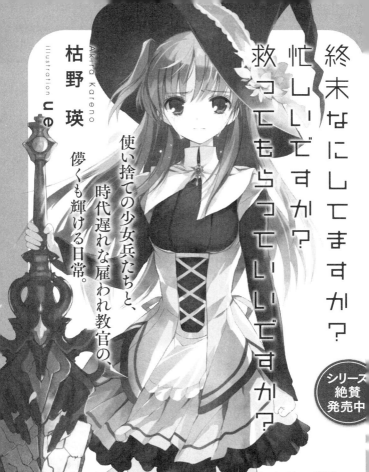

ラスト／三嶋くろね 「この素晴らしい世界に祝福を!」